KB263881

이동녘 여섯 번째 시집

70년 전 소년

이동녘 여섯 번째 시집

70년 전 소년

초판 1쇄 펴낸 날 / 2026년 1월 15일

지은이 • 이동녘 | 펴낸이 • 임형욱 | 디자인 • 예민
펴낸곳 • 행복한책읽기 | 주소 • 서울시 종로구 창신11길 4, 1층 3호
전화 • 02-2277-9217 | 팩스 • 02-2277-8283 | E-mail • happysf@naver.com
인쇄 제본 • 주손디앤피 | 배본처 • 뱅크북(031-977-5953)
등록 • 2001년 2월 5일 제2014-000027호 | ISBN 979-11-88502-31-8 03810
값 • 18,000원

ⓒ 2026 행복한책읽기
Printed in Korea

이동녘 여섯 번째 시집

70년 전 소년

이동녘 지음

행복한책읽기

〈서문〉

아직 쓰고 있습니다

잘 쓰고 싶어서가 아니라
멈추지 못해서
여기까지 왔습니다
설명은 닳았고
남은 말은
숨처럼 드나듭니다
이 시들은
완성이 아니라
아직 쓰고 있다는
흔적입니다

차례

4부 _ 천상누각

1부 _ 소야곡

빠져들다

처음 본 날,
내 세상은
너로 기울기 시작했다.

————

네가 웃었다.
그 순간,
나는 사랑이 뭔지 알았다.

꿈틀

너를 생각하면
내 속이 달아오른다.
애가 타는 불길이
창자를 물어뜯듯
끊어지고 이어진다.

너를 그리워하면
내 안이 꿈틀, 꿈틀 ―
마치 자궁이 흔들리듯
새 생명을 품으려 몸부림친다.

사랑은 이렇게
죽음보다 거센 고통,
그러나 멈출 수 없는 파문.

네 눈빛 한 조각이면
나는 다시 살아나고,
네 손끝 한 번 스치면

온몸이 떨며 꿈틀거린다.

사랑이란,
이토록 미친 듯한 꿈틀 ―
심장을 찢어서라도
네게 닿으려는
뜨거운 고백이다

소야곡

별빛이 흩어지는 이 밤,
조용히 기타를 품에 안고
그대 창가에 머물러 노래합니다.

바람은 내 손끝에 머물고
달빛은 그대 눈동자에 번지니,
이 순간 세상은 우리 둘뿐인 듯합니다.

그대여, 내 마음은 단순한 음표가 아니라
그대를 향해 끝없이 흐르는 강물,
다시 돌아오지 않을 밤의 고백이옵니다.

이 노래가 다 끝나도
내 마음은 멈추지 않으리니,
별빛 속에, 바람 속에,
늘 그대 곁에 머물겠습니다.

덕수궁 돌담길

겨울, 구세군 회관 앞
종소리에 섞여 울던 내 푸른 크리스마스.
사랑 젖은 손, 작던 나팔, 사라진 웃음.

미 대사관 철문 앞
우린 금지된 담장을 배경 삼아
몰래 서로의 눈빛을 훔쳤지.
그 순간만은 아무도 없었다.

성공회 성당, 붉은 벽 아래
누군가를 기다리다,
끝내 오지 않은 오후.

돌담은 말이 없지만
그 길은 모든 걸 기억한다.
걷다 보면 ―
돌보다 단단한 추억이
발끝을 붙잡는다.

장미도둑

달빛 아래 담장을 넘은 그림자 하나,
그는 향기만으로도 취해버린
장미의 죄였다.

가시는 피를 요구했지만
손끝의 아픔쯤은
그녀의 미소 앞에 사라졌다.

이름을 묻지 마라,
그는 단지 꽃을 사랑했을 뿐.
허락되지 않은 정원이라 해도
그의 마음은 도둑이 아니었다.

한 송이 장미를 품고
그는 어둠 속으로 사라졌다.
하지만 다음날 아침,
그녀의 창가엔
피보다 붉은 장미 한 송이.

사랑은 때로
훔친 손보다
내민 마음이 더 위험하다.

호우주의보

당신 말끝에
비가 맺혔다

웃음은 접힌 우산처럼
한쪽 구석에 버려져 있었다

눈동자가 먼 곳을 향할 때
우리 사이엔 이미
먹구름이 모였다

작별이라는 번개가
금방이라도 칠 것 같아
나는 마지막으로
당신의 손을 잡았다

그리고 그 순간,
비가 나렸다

과로연애사

너를 사랑하느라
나를 잃었다

감정은 초과 근무,
마음은 무급 야근

결국 우리,
사랑에 지쳐 퇴사했다

바람과 함께 바람나다

너는 바람이었다
처음부터 창문 틈에 숨어 있다가
내 마음의 커튼을 슬쩍 들춰보고
웃듯이 사라지는

나는 바람을 따라 걷다가
결국 바람이 되고 말았다
이름도, 집도, 계절도 버리고
네가 간 방향으로만 휘청이는

사람들은 말한다
바람났다고
그러게 바람은 잡는 게 아니라고
하지만 나는 안다
그 바람은
내가 처음으로 살아 있었다는 증거였다고

지금도 저녁이면

바람은 슬쩍 다녀간다
네 향기를 실은 채
누가 또 누군가의 마음을 열고 있는지
나만이 안다
그 문은 이미 열려 있었단 걸

첫눈

첫눈이 왔다.
세상은 하룻밤 사이
모든 흔적을 덮어버렸다.
그 아래에는
우리가 지나온 길,
지워지지 않은 발자국들이
고요히 잠들어 있다.

사람들은 첫눈을 반가워하지만
나는 문득, 두렵다.
이토록 하얀 침묵이
우리의 말과 눈물,
웃음과 약속마저 삼켜버릴까 봐.

너를 처음 만났던 그날도
첫눈이었다.
눈송이 사이로
너의 숨결이 내게 닿았고,

나는 세상의 모든 추위를
기꺼이 감내하고 싶었다.

그러나 지금 —
그 눈은 내 위에 쌓이고,
너의 이름은
서서히 희미해진다.

첫눈은 그렇게,
다시 처음으로 돌아가는 길이다.
모든 끝은 시작으로 이어지고
모든 만남은 이별로 완성된다.

그래서 나는 오늘도
하얀 들판 위에 선다.
눈을 맞으며
너를 잃고,
너를 기억한다.

비익조

저 하늘 끝,
운명은 우리를 두 날개로 태어나게 했으나
결국 하나의 하늘을 허락하지 않았다.

그대의 날개가 꺾이는 순간,
나의 몸 또한 산산이 부서졌다.
홀로는 날 수 없는 새,
비익조의 사랑은 그렇게 저주처럼 흩어졌다.

바람은 울부짖고,
밤하늘은 피 묻은 장막처럼 드리워졌다.
나는 반쪽 날개로 어둠을 헤매며
그대의 이름을 불렀다.
그러나 대답은 없었다.
죽음의 강이 우리를 갈라놓았으니.

저 붉은 별이여, 내 닿지 못한 날개여 —
우리가 꿈꾸던 영원은

한순간에 무너져 내린 신기루였던가.
사랑은 목숨보다 강하다 하였으나
죽음은 끝내 우리를 갈라놓았다.

이 추락조차 끝이 아니리라.
언젠가 별의 강 위에서
그대와 다시 날아오를 날이 있으리.
두 날개, 한 몸 되어
우리가 다시 하늘을 찢고 오를 때,
그 순간이 곧 영원이라 불리리라.

반백년

너의 발목에 머문 고통이
반백 년의 시간을 가만히 씹었구나.
찬 바람보다 먼저 찾아온 통증이
아침마다 너의 숨을 베어내도

한 번도
내게 눈물의 등돌림을 보인 적 없었지.

젊음은 사고에 걸려 넘어졌고
시간은 상처 위를 기어갔지만
너는 늘 그 자리에 있었다
묵묵히, 조용히, 그러나 강하게.

주사바늘이 꽃보다 많던 계절에도
병실 창가에선 햇살을 세어주었고
절뚝이는 삶에도
당신은 여전히 나의 중심이었다.

병이 먼저 시들기를 기도하는 밤,
나는 너의 이마를 어루만지며
시간에게 부탁한다
고통은 줄이고, 사랑은 남기라고.

내 삶의 반 이상을 앓아온 너,
그 아픔을 함께 걷지 못한 나,
이제야 뒤따라 배우는 너의 용기 앞에
나는 고개 숙인다.

사랑아, 내 아내야,
네가 앓은 날들 위에
내가 살아 있었다.

2부 _ 연작시편

달번지 1
— 집

성남 구릉 끝자락
모두 떠난 자리
달랑 남은 집 한 채

얼기설기 스티로폼 붙인 벽,
겨울을 막아내던
마지막 증인

달번지 2
— 겨울

틈새마다 바람이 울고
방 안의 숨결은
김으로 얼어붙던 시절

겨울은
가난의 가장 잔혹한 얼굴이었다

달번지 3
— 허기

굴뚝 연기는
남의 집에서만 피어올랐다

찬 공기와 바람이
우리 밥상에 먼저 앉았다

달번지 4
— 통곡

심방이라 온 무명 자매
기도는 못 하고
눈물로만 예배를 드렸다

그 울음이 방 안을 채우자
가난한 집도
잠시 따뜻해졌다

달번지 5
— 등불

전구 하나 매달린 천장
그날 밤 빛이 된 것은
전기가 아니라
눈물의 등불이었다

달번지 6
— 바람

문풍지를 찢고 들어온 바람
벽을 두드리며 말했다

"아직 끝나지 않았다
집도, 사람도"

달번지 7
— 아이

희미한 숨결 하나
집을 무너뜨리지 않았다

아이의 눈동자 속에서
가난은 조금씩 부서졌다

달번지 8
— 어머니

무릎은 얼어붙어도
어머니 손바닥은 따뜻했다

밥보다 먼저
사랑이 집 안을 덮었다

달번지 9
— 기억

세월이 흘러도
스티로폼 벽은 지워지지 않았다

눈보라보다
사람의 울음이 오래 남았다

달번지 10
— 희망

이제는 집도, 사람도
그 자리에 없지만

통곡은 씨앗처럼 남아
봄마다 피어난다
눈물에서 싹튼 희망은
달번지를 넘어 멀리 번져간다

달번지의 통곡

성남 구릉 끝자락
달랑 남은 집 한 채

겨울은 스티로폼을 파고들었고
틈새마다 바람이 서걱서걱 울었다

방 안은 냉기와 허기로 가득 차
숨소리조차 김으로 얼어붙던 시절

그 집에 찾아온 무명 자매,
기도 대신 울음으로 무너져 앉아
통곡은 천장에 매달린 전구처럼
방안을 환히 울렸다

그날 이후
남은 건 눈물의 습기와
바람보다 먼저 스며든 가난의 그림자,

그리고
그림자보다 더 오래 견딘
한 채의 집이었다

초월역
— 한 생각 놓을 때

열차는 없다.
플랫폼도 없다.
나는 어디에 선 것인가.

까치가 울고,
바람이 휘도는데 —
그것이 다다.

물을 건너는 달빛,
그것을 쥐려는
어리석음을 놓을 때,

초월역.
말하지 않는 꽃 한 송이
피어 있다.

도착은 이미
떠남 속에 있다.

초월역

밤하늘 끝에
간신히 닿는 플랫폼 하나,
그곳은 시계도 숨을 고른다.

기차는 오지 않는다.
다만 기억이,
바람처럼 스쳐 간다.

시간표는 빛으로 쓰였고
차창 밖엔
내가 아닌 내가 흐른다.

초월역 —
그 이름은 멈춤이 아니라
건너감의 다른 이름.

네가 떠난 날 이후
나는 그곳을 지나며

매번 다른 나로 환승했다.

현실이라는 마지막 정차역,
그 뒤편에 숨어 있는
조용한 도착지.

초월역

밤과 낮 사이,
시간이 머무는 플랫폼 위에
나는 조용히 서 있었다.

기차는 오지 않고
바람만이 지나갔다.
말 없는 전광판엔
과거와 미래가 번갈아 점멸하고,

이곳은 어디인가,
출발도 도착도 아닌
모든 방향이 열려 있는
그림자의 환승역.

여기선 이름도 벗고,
생각도 벗는다.
지나간 삶은 표처럼 찢겨지고
남은 건 맨몸의 나 하나.

문득, 나를 부르는 소리
무언가 울린다 —
심장인지,
기차인지 모를 떨림.

나는 탔다.
그리고 내렸다.
어디였는지는 중요치 않았다.
그 순간, 나는
나를 넘어선 나였다.

초월역

— 墨畵 한 폭

안개.
산은 있으나 말이 없고
길은 끊겼다.

검은 선 하나 —
허공을 가로지른다.
역인가?
아니, 마음인가.

대숲 흔들리고
한 점 새가
허공에 글씨를 쓴다.

그 글은
곧 지워지나
지운 자국이 남는다.

가는 것이 오는 것이고
머무는 것이
가벼운 구름 한 줄.

기다리지 않고
떠나지 않으며
그저,
그림 속에 머물다.

붓을 든 이는 없다.
그러나
화폭은 완성되어 있다.

인생극장

장엄히 막이 오른다

첫 울음은 서곡(序曲),

작은 심장의 떨림이 천지를 울린다

시간은 지휘자처럼

장면마다 빛과 어둠을 배치하고

우리는 이름 없는 배우로 서서

운명이라는 대본을 낭독한다

젊음의 막에는

사랑이 불꽃처럼 타올라

무대는 눈부신 색으로 물들고,

이별은 검은 장막처럼

갑자기 조명을 끊어버린다

슬픔과 가난, 기쁨과 환희 —

모두가 출연진이 되어
숨 가쁘게 얽히고 부딪치지만
연극은 멈추지 않는다
한 번뿐인 무대, 리허설은 없으므로

마침내 종소리 울리고
커튼이 내릴 그 순간,
객석의 어둠 속에서
누군가의 가슴에 남겨질 한 장면을
우리는 온 힘 다해 연기한다

인생극장 —
그 마지막 막이 내리면
배우도 관객도 모두 사라지리
다만 영원의 기록 속에
한 줄, 불멸의 대사만이 남으리라

인생극장

지게꾼은 주연,
빚쟁이는 단골 조연,
장터 국밥집 아낙은 언제나
애드리브 달인의 반짝 스타.

사랑은 첫 장면부터
막걸리 두 사발에 취해 시작되고,
이별은 늘 종이쪽지 하나로
뒤안길에 내팽개쳐진다.

지지고 볶고, 울고 웃고,
어깨춤 추며 고래고래 다투다 보면
관객은 박수 대신
동전 몇 닢 던져 주고 간다.

허나 막이 내리는 날,
주연이든 단역이든 가리지 않는다.
모두 같은 흙에 묻히고

장송곡 한 곡에
커튼콜은 끝난다.

인생극장은
웃음의 무대이면서
눈물의 무대.
그러나 그 모두를 껴안고
오늘도 또다시
막은 오른다.

인생극장

막이 오르면
누군가는 사랑에 빠져 눈물을 흘리고
누군가는 배신에 치를 떨며
또 누군가는 웃음으로 술잔을 돌린다.

밥 짓는 연기 속에도
비밀스런 대본이 숨어 있고,
장독대 넘나드는 고양이 울음에도
삶의 합창이 깃든다.

지지고 볶는 소리 속에서
우린 다 배우가 된다.
어머니의 잔소리도,
아버지의 침묵도,
자식의 울음도 모두 대사였다.

울다 웃다
막이 내리면 알게 된다.

그 어떤 비극도 희극도
결국 같은 무대 위에서
같은 조명 아래 있었다는 걸.

인생극장은
관객 없는 공연이 아니라,
서로가 서로의 관객이자 배우가 되는
끝없는 연극이었다.

타인들
— 만남

그날, 우린
낯선 운명의 물가에서 서로를 마주했다.
아무 약속도 없었고,
기억도 이름도 없었으나
시간의 강은 이미
우리의 발목을 묶고 있었다.

한눈이 스쳤다.
그 한순간이
천년의 불씨처럼 타올라
내 안의 잿빛 영혼을 흔들었다.

사람은 누구나
누군가의 경계에서 태어나고,
누군가의 그림자 속에서 사라진다.

그러나 그 사이 —
잠깐의 숨결, 잠깐의 눈빛 속에서
신의 손끝이 우리를 이어붙인다.

그리하여 타인은
결국 내 안의 또 다른 나요,
거울에 비친 나의 영겁이 된다.

우린 스쳤으되,
그 스침 하나로
세계의 방향이 바뀌었다.

말 한마디 없이
마음의 심연을 건너며
나는 알았다 —
이 만남은,
기억 이전의 약속이었다.

그리고 그날 이후,
나는 모든 타인 앞에서
너를 다시 찾는다.
다시, 그 물가에서
다시, 그 빛 아래서
다시, 너로부터 나를 본다.

타인들

— 이별

우린 끝내, 서로를 놓았다.

붙잡을 수도, 미워할 수도 없는 채로

마지막 인사를 건네듯

눈빛만이 허공을 스쳤다.

바람이 먼저 알았다.

헤어짐이란 건

멀어지는 일이 아니라

다른 시간으로 건너가는 일임을.

네가 떠난 자리에

빛이 남았다.

그 빛은 아물지 않는 상처처럼

내 하루의 구석구석을 비추었다.

사람은

사라지는 존재가 아니라

흩어지는 존재였다.
흩어져야만
다시, 흙이 되고
다시, 생명이 되고
다시, 나로 돌아온다.

이별은 끝이 아니다.
끝이라 이름 붙인 문턱에서
비로소 시작되는 또 하나의 탄생.

너를 잃은 자리에
나는 나를 발견했다.
그리움의 모양으로
사랑이 완성되고
침묵의 틈에서
존재가 다시 태어난다.

그러므로

우리의 이별은

비극이 아니라,

거룩한 순환이었다.

타인들

— 회귀

모든 이별은 돌아가기 위한 길이었다.
먼 데서 불던 바람도
결국은 제자리의 나뭇잎을 흔든다.

사랑도 그러했다.
떠나보내는 일로 완성되는,
그리하여 다시 나로 돌아오는 순환의 법칙.

나는 많은 이름을 흘려보냈다.
그 이름들은 밤마다 별로 피어나
내 어둠의 지붕을 환히 밝혔다.

흩어진 건 인연이 아니라
그리움의 씨앗이었구나.
흙에 스며, 침묵 속에 머물다

다시 빛으로 돋아난다.

사람은 타인으로 태어나
사랑으로 물들고
이별로 정화되어
결국, 다시 사람으로 돌아온다.

이것이 회귀다.
끝없는 상실의 강을 건너
마침내 도착한 자리 —
처음이자 마지막의 그 자리.

이제야 안다.
모든 만남은 귀향의 서막이었음을,
모든 이별은 사랑의 또 다른 이름이었음을.

3부 _ 육자배기

살틈새 육자배기

고져 내래 목댕기 하나 —
샀시요, 샀시요오 —
장터바람 돌아들며 —
내 머리카락 감았지요 —

몸가락 하나로 밥을 지어 —
살틈새로 숨을 쉬며 —
이 세상 고달픈 날들 —
참말로 견뎠시오 —

이남 말은 몰라도 —
이북 말은 정겨웁소 —
포실포실 살내음이 —
사람 속에 배었지요 —

몸가락은 남정네 기운 —
살틈새는 여인 숨결 —
어화 둥둥 달이 밝아 —

그 틈새로 사랑 피네 —

살 속에 있는 것이 —
그리움이여, 말이여 —
아리랑 아리랑 아라리요 —
내 숨결도 흙으로 간다 —

쥐 잡다 장독 깬 놈

쥐를 쫓다 장독을 깬 놈이 있네
사람들은 "참, 요 짓거리 보소" 흉보며 웃지만
쥐 빠진 집안은 허허롭도록 가벼워졌다

장독은 다시 빚으면 되는 거고
놓친 순간의 쥐는 다시 오지 않네

흙과 술, 장 냄새 속에서
우리가 지켜야 할 건 껍데긴가, 알맹인가

웃음 끝에 흩어진 파편 위로
"에이, 그라믄 또 담그면 되지"
그 소리 장터에 울려 퍼지며
세상 근심 몽땅 쓸어갔다

김 굽다 불 낸 년

아궁이 앞에 앉은 년 하나
해 질 무렵 김 굽다
연기보다 먼저 불 지펴
마을 한켠을 다 태웠지

연기 휘날리며 오만 냄새
된장국마냥 코끝을 찔러도
그년은 모른 척
굴뚝에 붉은 꽃 피운 줄 알았지

할매들 혀 차며 말하대
"허, 그년 또 사고쳤지 뭐"
소는 멀쩡한데 외양간만 홀딱
된장독, 옹기까지 덤터기

허나
불 지펴야 김도 익고
김 익어야 겨울 나지

그년 손등엔 불자국 남았어도
밥상엔 따스한 김 한 장 남았지

김굽다 불 낸 년

— 판소리풍

(소리꾼 목소리로, 북장단 둥둥 둥둥)

아하 ~ 얼씨구 절씨구 지화자 좋다!
들어보소 들어보소, 웃음 한 판 뽑아봅세!

♩ 저기 저 ~ 아랫마을, 큰댁의 며느리 순희년이~
저녁밥상 올린다며 김을 굽는데 ~
지지지지지 ~ 연기가 솟아올라
허허 ~ 구들장 뜨뜻한 줄 알았더니
그만 처마 밑에 불씨가 튀었구먼 ~

얼쑤 좋다 ~

♩ 할멈이 소리친다, "아이고 이년아아＼아!
김 굽는다더니 집을 구워 부렀냐아아／!"
나무 벽장 타들어가고
개는 짖고, 고양이는 뛴다 뛰어!

장독대 뚜껑이 '꽝' 터지니

된장 깔깔 웃고, 고추장은 뿔났다!

지화자 좋다 ~ 에헤라디야 ~

♩ 시아버지는 벌떡 일어나

홑청 바람에 휘날리며 "이거나 봐라╲╱↗!"

고무신 짝짝이 신고 나와

"김도 굽고, 시집도 구우랴?"

동네 사람들 몰려와

소방차보다 말이 빠르다네!

(북 장단: 둥짜작 둥둥짜작)

♩ 소방관 들어서니, 순희는 또

눈웃음 발사하고 머리카락 정리하며 ~

"총각, 불만 꺼요? 내 맘도 좀 꺼줘유 ~"

그 말에 불길도 움찔했지 뭐이냐!

어허허허 ~ 세상에 이런 일이 ~

♩ 그날 이후 소문이 쫘악 퍼져
장터 뒷집, 절집 앞까지!
"김 굽다 불 낸 년이
이제는 불 끈 소방대장 찜했단다 ~"
에라 모르겠다, 엿장수도 혀를 내둘렀다지!

♩ 그리하여 이년은 해마다 김은 굽되
사랑의 불씨만 더 지핀다 하더라 ~
그 불씨가 올해는 또 어디로 튈꼬?
우리 모두 성냥 숨겨라 ~ 불 날라 ~!

지화자! 얼쑤 ~ 좋다!
순희년 덕에 오늘도 웃고 간다 ~
해학이 넘치고, 연기보다 입방아 더 센
우리네 인생이 바로 이렇지요 ~!

(북 마무리: 쿵짝 쿵짝 쿵!)

만주들판 개장사

에헤야, 디야 — 만주들판 장터 위에
달그락 수레 몰고 오는 이 누구신고,
개장사라, 개장사라,
허공에다 솥단지 걸어놓고 큰소리 친다.

"허어 — 어, 이거이 보약이여,
한 입 먹고 장수 되고,
두 입 먹고 부자 된다!"

구경꾼들 허리 휘어
꺽꺽꺽 웃어젖히니,
솥뚜껑은 덜컥덜컥,
빈 가마는 댕그렁댕그렁,
장터는 풍물판이 되고야 만다.

"에구머니, 개는 어딨소?"
"믿음 속에 있지라 ~!"
개장사 궤변에

사람들 웃음소리 북처럼 울려퍼진다.

만주들판 바람 따라
말장난 장사 흩날리니
허망도 하고, 해학도 되고,
결국 장터는 노래판이 된다 — 에헤야, 디야!

월매전

아이고 세상 살이 별 거 있드냐,
양반 상놈 갈라봐야
밥은 다 똑같이 꿀꺽꿀꺽 넘어가는 것.

내가 술잔만 들면
동네 상놈 양반이 죄다 모여
"월매 어멈, 한 수 가르쳐주소."
헛, 내가 뭔 스승이여,
막걸리 사발 비우는 게 학문이라면
내가 성현이지!

춘향년은 곱다곱다 소문났건만
고운 꽃도 잡초에 찔리고
양반 사내에 혹부리처럼 걸려들제.
그래도 내 자식이 이 세상 최고다,
내가 어디 가서 술값 못 내리!

술 익는 냄새 따라

달도 주막에 걸터앉고

내 웃음소리

닭 울음보다 먼저 새벽을 부른다네.

어야디여 ~~~

한 세상은 이렇게 훌훌 털고 가는 거지,

내일 걱정은 내일 술에 말아 삼키면 되나니라.

주모

술 따라 흘린 세월이
이 항아리만큼이나 묵직하구먼.

여긴 주막이오.
오는 이 반기고,
가는 이 보내는 곳.
창부는 노래하고
떠돌이 사내는 탄식하지.
둘 다 내 자식 같고,
또 내 옛사랑 같기도 하구려.

에구, 다들 모르지만
이 주모도 한때는
고운 댕기 풀던 처녀였지.
스무 해가 지고도
그때 부르던 노래가
귓가에 맴돈다네.

나라가 뒤집히건,
양반이 무너지건,
이 주모는 장작불 피우고
밥을 지어야 하오.

울고 싶은 날에도
웃음으로 술잔 채워야 하는 것이
주모의 팔자요.

에헤야, 사람들아 —
그대들 슬픔은 이 술로 달래고
그대들 사연은 이 방에 놓고 가오.

나는 듣고,
기억하고,
잊어주는 사람이니.

한 세상 타오르고 꺼질 때
마지막 불씨도 이 주막 등불이리니

견우

견우가 강을 건넌다 하네,
은하수 다리 놓는다 하네.

"올해만 참아라,
내년엔 다리를 튼튼히 놓으리라!"
매해 같은 말,
돌다리는 아직 그림자뿐.

직녀는 기다리다 지쳐
물레는 멈추고,
까마귀와 까치는
날마다 허공에 다리 흉내만 낸다.

견우는 하늘 소 몰지 않고
빈 약속만 몰아세운다.
"곧 만나리라,
곧 이루리라!"

강물은 웃음처럼 철썩철썩,
사람들은 혀를 차며 중얼거린다.
"그 다리 언제 생기누,
말은 매년 풍년이로구나!"

몸과 시에 대하여

어떤 오솔길에서
고운 연인은
낙엽을 밟으며
팔짱을 끼고 걸었대

낙엽을 밟으며
고운 여자는
구르몽의 시를 읊었대

"시몬,
너는 좋은가?
낙엽 밟는 소리가!"

그 문장이
느낌표에 닿을 즈음
여자의 몸은
시보다 먼저
자기 의견을 내놓으려 했대

시가 공중에 떠 있는 동안
몸은 땅을 기억했고
무드는
위로 올라가려다
아래에서 잡아당겨졌지

고운 여자는
낙엽을 더 세게 밟았대
의미를 눌러 덮듯
몸을 설득하듯

그러나

뽀——옹

시는 멈췄고
낙엽은 침묵했고
진실만 소리로 남았대

"자갸… 자갸…"
말은 급히 의미를 찾았고

"낙엽 소리
멋있지?"

그때 고운 남자가 말했대

"아니,
방금 난 그 소리,
시보다 훨씬 진짜였어."

그날 이후
그들은 알았대

시는 몸을 떠나 존재하지 않고
낭만은
가스를 통과하지 않고는

끝내 완성되지 않는다는 걸

사랑이란
고운 말이 아니라
서로의 소리를
도망치지 않고
들어주는 일이라는 걸

순희네 빈대떡

비 오는 날 골목 끝,
지글지글 기름 냄새 퍼지면
발길이 절로 꺾이지.

순희네 빈대떡집,
두꺼운 전이 노릇노릇 뒤집히고
걸쭉한 막걸리 한 사발
목구멍에 철렁 내려가면,
세상 근심이 다 거품 같더라.

"형님 왔수?"
순희가 허리춤에 손 닦으며 웃어주면
그 웃음에 또 한 잔,
빈대떡에 파 송송 얹어 한 입.

이 집 상 위엔
서울도, 세상도 다 잊혀지고
웃음만 걸쭉하게 부푼다.

밖에선 빗방울이 북 치고,
안에선 숟가락이 장단 맞추네.
순희네 빈대떡,
여기가 사람 사는 세상 맞이지

신명

북소리, 천둥 되어 가슴을 치고
꽹과리, 번개 되어 하늘을 찢는다.
붉은 옷자락 휘몰아 오르는 순간 ―
땅과 하늘이 맞붙어 흔들린다.

몸은 땀에 젖고
목은 갈라지도록 외쳐도,
영혼은 날개를 달고
허공에 춤춘다.

산 자와 죽은 자,
가난한 자와 병든 자,
모두가 한 울음, 한 춤으로
뒤섞여 하나가 된다.

그 순간,
슬픔도 한풀이가 되고
상처도 흥이 된다.

피눈물조차
별빛처럼 반짝인다.

신명은 알았다.
이것은 단순한 춤이 아니라
삶이 버텨내는 방식이며,
절망이 스스로 불태워
빛으로 거듭나는 길임을.

4부 _ 천상누각

해당화

바다는 그날, 울고 있었다
핏물 들인 듯 저 붉은 꽃잎 아래
누군가의 마지막 숨결이 젖어 있었다

그녀는 기다렸다고 했다
바람이 등을 떠미는 자리에서
끝내 오지 않는 발자국 하나를 위해
천 번은 피고, 천 번은 졌다고

밤이 오면 그녀의 눈이 꽃잎이 되고
파도가 철썩, 죄를 고백하듯 울면
그 향기 속엔 목이 멘 이름 하나
서럽게, 피어났다

누가 그녀를 꽃이라 불렀는가
가시에 찔려 피 흘린 건
오히려 세상이었거늘

그녀는 죽어서도 붉게 피었다
모래 위, 불길처럼 타오르며
잊혀지길 거부하는 노래처럼
바다의 심장을 쥐고, 다시 살아났다

여름산

푸른 불길이 치솟는다.
산은 거대한 심장처럼 뛰고
매미의 울음은 천둥이 되어
하늘을 갈라 울부짖는다.

계곡은 쇳물처럼 터져 내리고
나무는 검푸른 창을 세워
햇살과 맞서 싸운다.
숨결조차 뜨겁게 타올라
공기는 불길처럼 흔들린다.

여름산은 침묵하지 않는다.
폭풍 같은 바람과
벽력 같은 빛살로
살아 있음을 웅변한다.

나는 그 압도적 숨결 앞에
작디작은 돌멩이로 서서

생명의 광휘에 눈이 멀고,
뜨거운 심장소리에
온몸이 흔들린다.

아, 여름산이여.
너는 계절이 아니라
끝없는 불길,
존재의 절규 그 자체다.

천상누각

구름 위에 지은 누각 하나,
매미 울음 잦아든 오후에
바람은 은실처럼 흘러와
물빛 하늘을 가만히 어루만진다.

연잎 같은 차일 아래
차가운 매실차 한 잔을 들고
푸른 나른함에 몸을 맡기면
해도 숨을 고르는 여름의 끝자락.

누가 저기,
옥빛 계단을 따라 내려오는가
해사한 웃음 머금은 바람일까
아니면 여름에 잠든 신의 발걸음일까

천상의 누각은 고요하다
세상 아래 모든 더위를 벗고
구름 사이로 흐르는 한낮의 꿈처럼

한순간 찬란히, 그리고 사라진다.

이기대

마침내 남쪽 끝,
푸른 절벽이 바다를 끌어안고 있었다

파도는 흰 이빨을 드러내며 부서지고
갈매기 울음은 허공에 새겨졌다

소나무 숲 사이로
햇빛이 비집고 들어와
바람에 흔들리며 길을 만들었다

그 길을 따라 걷던 발자국은 지워졌으나
바다의 숨결은 여전히
내 가슴에 남아 있다

이기대에서 바라본
광안대교와 해운대의 얼굴은
차마 숨길 수 없을 만큼
세계의 끝에서,

오히려 시작이었다

술취한 바다

달빛이 술잔처럼 흔들리고
파도는 취한 발걸음처럼
바위를 스치며 넘어간다

갈매기는 노래하듯 날고
바람은 머리칼과 마음을 휘감는다

모래 위 발자국은
한 잔의 술처럼 사라지고
조용한 포말 속에
바다의 숨결만 남는다

여기 서면
바다는 취했으나
끝없이 깨어 있는 듯
무엇도 붙잡지 못하는 자유를 품는다

달빛에 묻은 청춘

그 모퉁이 전신주 아래
망초꽃 한 포기 쏟아져 있었고
달빛에 무너진 꽃가지에는
오바이트 슬픈 청춘의 꽃자국이 물들어 있었다

장대를 잃고 달을 따지 못한 아픔이었을까
애인을 낚아채 간 바람의 발톱을 잡는 울음소리였을
까

타래타래 꽃가지에 걸린 라면줄이 말라오고
마른버짐 핀 얼굴로 꽃가지가 시퍼렇게 울고 있을 때

어디선가 개 한 마리 나타나
망초꽃에 묻힌 세상을
헐떡이며 핥고 있었다

주름왕관

향기 없다고 탓하지 마라
한때 드높은 깃발이었음을
동창을 진두지휘하던
처녀였음을

풍파에 이리저리 휘몰아친 얼굴에
주름 왕관이 저절로 쓰인 게 아니었으리

이른 새벽녘
성남에서 안암동 사거리를 뚫고 가느라
눈보라와 빗길 위에 나라를 책임지느라

이제는 혼미해진 기억이
오늘은 풍성이를 용성이로 불렀네

창가에 복사꽃 눈처럼 내리는 봄
새빨간 제라늄이 하도 아득하여 ―

나무

싹순 내어
신방 차리느라

물목숨 푸르게 훔치며
살아내느라

주렁주렁 달린
새끼들 하나하나
출가시키느라

그동안
수고 많았다

맨살에 바람을 맞고서야
매질처럼 계절을 견디고서야

이제야
번쩍

정신이 든다

더는 키우지 않겠다
이제는
내가 나를 서게 하겠다

기차는 8시에 떠나네

플랫폼엔 아직 어둠이 머물고
차창엔 이별의 손길이 흔들리

정해진 시각에 기차는 떠나고
우리의 마음은 제각기 다른 시각에 도착하리

남겨진 자리엔 발자국만 남고
철길은 긴 노래 되어 저 멀리 이어지리

떠남은 곧 새로운 만남의 약속이듯
오늘의 눈물도 내일의 햇살로 빛나리

기차는 8시에 떠나네
그러나 사랑은 시간을 묻지 않고
늘 우리 곁에 머무리

지바고의 마지막 겨울

전차는 덜컥이며 멈추었고
지바고는 그 안에 있었다 ─
손끝이 떨리고, 가슴이 두드리던 순간.
거리 저편, 그녀가 걸어가고 있었다.
라라.
그토록 불러보고 싶던 이름이
입술에서 새어 나오지 않았다.

세상이 몰랐다.
그가 사랑을 보았다는 것을.
그가 시 한 편을 다 쓰기도 전에
심장이 멈췄다는 것을.

눈이 내리지 않는 여름이었고
그는 마지막 겨울 속에 있었다.
누군가의 창틀에서 바람이 지나갔고
그의 눈동자에서 빛이 꺼졌다.

모스크바는 바빴고,
거리는 무심했으며
라라는 돌아보지 않았다.

그리하여 그의 죽음은
한 편의 시가 되었다.
입밖에 내지 못한 이름 하나와
심장에 눌러쓴 수많은 말들.

그를 아는 이는 몇 없지만
그의 침묵은 길고 깊어
오늘도 누군가의 겨울에
눈처럼 내린다.

향수

— 배호의 60년대 노랠 들으며

경남 함양 산골서
기차 한 번 갈아타고 도착한 서울,
창신동 언덕배기 시계줄공장 —
내 청춘은 그 쇠소리 속에 닳아갔다.

새벽마다 기계보다 먼저 깨어
굳은 손에 찬물 붓고
서툰 숨으로 하루를 매었다.

고향집 푸성귀 냄새가
기름 묻은 작업복 틈으로 스며오면
나는 잠깐, 거기 앉아 울었다.

젊디젊던 내 두 다리,
종일 서서 시계줄 조이던 그때,
서울은 나를 몰랐고
나는 서울을 원망도 못 했다.

그래도 지금
노을질 때면 기계음보다 먼저
고향 산 그림자가 떠오른다.

그게, 내 향수다.

〈오, 캡틴〉
— 죽은 시인의 사회를 보고

우리는 정답을 외웠다
줄 맞춰 걷고,
정해진 목소리로 손을 들며
틀린 말은 곧잘 벌이 되었지

그러다 그가 왔다
칠판의 먼지처럼 묵은 공기를 털고
낮은 목소리로 말했다
"카르페 디엠"
지금 이 순간을 붙잡으라고

우리는 조심스럽게 책을 찢었다
죽은 이의 평론 대신
우리의 숨으로
처음으로 시를 썼다

교복 속, 감춰온 북소리

심장이 시가 되는 것을
그때 처음 알았다

하지만 시는 언제나
대가를 요구했다
가장 먼 데 본 이가
가장 먼저 떠났고
그의 자리는
검은 테두리로 남았다

그래도 우리는 안다
가장 높은 책상 위에 서본 사람만이
세상의 틀을 의심할 수 있다는 것을

"오, 캡틴, 마이 캡틴"
당신이 떠난 그 교실에서
우린 아직도
시를 낭독하고 있습니다
숨죽인 이 순간에도
오늘을, 살아 있는 오늘을 위해

새싹

숲이 검푸르게 우거진 날,
당신들은 나란히 서 있었습니다
사진사도, 축하객도 없이
오직 서로의 눈빛이 렌즈가 되고
서로의 마음이 앨범이 되어
첫 장을 열었습니다

세상은 화려한 예식장을 자랑하지만
숲은 더 깊은 축복을 안고 있지요
푸른 잎사귀마다
당신들의 이름을 적어
빛과 바람이 페이지를 넘깁니다

집이 크지 않아도 괜찮습니다
혼수가 화려하지 않아도 괜찮습니다
당신들이 서로에게
평생의 거처요,
가장 값진 선물이기 때문입니다

오늘의 초록은

여린 새싹처럼 당신들을 감싸고

내일의 햇살은

늘 당신들을 비추리라 믿습니다

사랑하는 두 사람,

당신들의 걸음마다

비록 조심스러워도

뿌리 깊은 나무처럼 단단히 서서

한 세월 푸르게 살아가시길

내 마음 다해 축복합니다

*성수동 서울숲에 갔다가 은행나무 숲속에서 주례사도 축하객도 없이 단 둘이
서약하는 신혼을 보았다. 동행이 있어 말 한마디 건네지 못했지만 석달이 지나
도 내내 눈에 밟힌다.

5부 _ 관계의 건축

만추

바람이 낙엽을 데리고 떠난다.
남은 가지마다
세월의 뼈마디가 드러난다.

한때는 초록이던 것들,
휘황하던 여름의 숨결이
이제는 먼 기억이 되어
바람 속에 흩어진다.

모든 만남은 결국
이별로 귀결되는가.
모든 불꽃은 식기 위해
한때 그렇게 타오르는가.

그러나 —
떨어지는 잎 하나에도
빛은 남아 있다.
그 마지막 순간까지

스스로의 무늬를 다 태워
흙으로 돌아가는 것,
그것이 완성이라면
슬픔 또한 축복이리라.

만추의 들판에 서면
바람도 울지 않는다.
고요가 모든 것을 대신한다.
한 세상을 지나온 자만이
이 적막의 품을 이해하리.

이제야 안다.
스러짐은 사라짐이 아니라
깊어짐이라는 것을.

추풍령

추풍령에 선다 —
바람이, 내 이름을 불러 찢는다.
가을빛이 칼날처럼 허공을 가르고,
낙엽은 불타듯 흩어진다.

나는 묻는다.
이 길 끝에 무엇이 있느냐.
돌아갈 고향인가,
잊혀진 사랑인가.

바람은 대답하지 않는다.
다만, 나의 옷깃을 움켜쥔다.
그 손길이 차가워
나는 문득 울컥, 눈을 감는다.

젊은 날의 나,
그 언덕 아래서 웃고 있구나.
손 흔들던 얼굴들이

저녁빛 속에 스러진다.

길은 묻는다.
너는 무엇을 버리고
무엇을 안고 왔느냐.
나는 대답한다.
모두 흘러갔다 —
그리움도, 원망도, 사랑도.

이제 남은 것은,
이 바람뿐이다.
모든 이름은 흘러가고
모든 얼굴은 지워진다.

그러나 —
저 하늘의 끝자락에서
누군가 내 이름을 부른다.
그 소리에 나는 다시 선다.

추풍령,

이곳이 나의 마지막,

그리고 시작이다.

모기 뒷다리에도 생명은 흐른다

아무도 눈길 주지 않는
작고 연약한 것에도
심장은 뛴다

하찮아 보이는 풀잎 끝
그 위의 이슬방울에도
우주의 맥박은 스며 있다

큰 것만이 세상을 지탱하지 않는다
가장 미세한 존재의 떨림이
거대한 균형을 이룬다

님아
스스로 작다 여기지 말라
그대 안에도,
우주와 같은 생명이 흐른다

관계의 건축

관계는 다리이리
너와 나를 잇되
강물 위 허공을 지나 세워지리

너의 상처가 기초석이 되리
나의 눈물이 기둥이 되리
서로의 고백은 철근처럼 얽혀
흔들림을 버티리

때로는 벽이 되리
서로를 막아 세우되
그 벽 위로 창 하나 뚫어
빛을 나누리

관계는 무너지기도 하리
허물 속에 길이 열리고
끊어진 자리에서 다시
새로운 선이 이어지리

그러하야 사람은 혼자가 아니리
함께 지어 올리는 집,
함께 걸어가는 다리,
이 함께함이 곧 관계의 건축이리

미용학원

흰 조명이 폭포처럼 쏟아지는 교실,
그는 모델 앞에 앉아
아이섀도를 얹는다.
손끝은 검은 날개를 그리려는 듯
숨을 삼키며 떨렸다.

그러나 모델이 웃는 순간,
선은 무너지고
얼굴은 다시 백지가 된다.
그는 지우고 또 그리고,
다시 번지고 다시 시작한다.
땀방울이 이마에서 흘러내려
붓 끝을 적시고 있었다.

입술선은 가장 치열한 경계였다.
한 줄의 흔들림이
미소를 왜곡시키고
운명을 바꾸듯 얼굴을 낯설게 했다.

그는 마침내 무릎을 꿇고
한 송이 장미를 그리듯
붉은 선을 올려붙였다.

볼터치의 순간,
휘나래가 퍼지며
얼굴은 꽃이 되었다.
모델의 웃음은 이제
실패의 방해가 아니라
완성의 증거였다.

그는 알았다.
이 일이 단순한 메이크업이 아님을 ―
지우고 다시 그리는 과정은
삶의 본질과 닮아 있었고,
집중과 몰입은
존재를 빚어내는 장인의 서약이었다.

그 짧은 한 시간,

그는 화장이 아닌

시간과 생의 무늬를 그리고 있었다.

세상을 연주하라

누군가는
세상을 전쟁터라 부르고
또 누군가는
시장에서 흥정하는 곳이라 말하지만

나는 오늘
세상을 하나의 악기로 본다

바람은 현악이 되고
비는 타악이 되며
햇살은 맑은 관악이 되어
우리의 하루를 울린다

삶의 고통조차
조율되지 않은 음이 아니라
다른 선율과 어우러질 화음일 뿐

그러니

주어진 자리에서
주어진 음을 망설임 없이 켜라

완벽할 수는 없어도
진실하면 음악이 되고
그 음악이 결국
세상을 울릴 것이다

세상을
연주하라

지금

시간은 미래에서 오지 않네.
과거에서 건너오는 것도 아니지.
지금, 이 순간이
모든 문을 대신 열고 있을 뿐이라네.

우리는 늘 다음을 기다렸고
이미 지나간 것을 붙잡으려 했지.
그러는 동안
현재라는 좁은 다리는
발소리도 없이 무너졌네.

지금,
숨이 몸을 드나드는 이 찰나가
실은 생의 전체를 품고 있는 거지.
심장이 한 번 뛸 동안
우리는 태어나고 살아, 사라지네.

세상은 거대한 빙산처럼

과거와 미래라는 얼음을 숨기고
그 꼭대기, 눈에 보이는 조각이
바로 지금이지.
그걸 외면하면
아무 것도 가진 적 없이
흘러가 버리지 않겠나.

지금 웃을 수 있다면
그게 삶의 전부일 테고,
지금 고통 속에 있다면
그 또한 전부일 수밖에 없네.
다음 순간을 약속해 준 이는
단 한 사람도 없으니 말이야.

그러니 지금을 살라는 말은
행복하라는 명령이 아니라
이 순간을 미루지 말라는
고요한 경고라네.

지금의 무게가
미래보다 더 무겁고,
지금의 길이가
과거보다 더 길지.

지금,
이 짧은 숨을 허비하지 않는다면
우리는 이미
영원을 살고 있는 거라네.

6부 _ 존재의 값

70년 전 소년

마루 끝에 앉아
작은 손으로 연을 날리던
그 아이를 기억한다

바람이 불면
하늘은 한없이 멀었고
구름은 고래처럼 유영했다

그 아이는
누구도 기다리지 않았고
아무도 미워하지 않았다

시간은 흐르고
그 골목은 사라졌으며
연줄은 언젠가 끊어졌다

지금 나는
창가에 앉아 그늘을 본다

의자 옆엔 마르지 않는 그림자 하나

가끔 거울 속 눈동자에
익숙한 반짝임이 스친다
아, 저기 있구나

70년 전
한 번도 나를 떠난 적 없는
그 소년이

우리에게 내일은 없다

내일은 없다,
그래서 오늘이 있다.

우리가 믿는 내일은
늘 도망치는 신기루였고
오늘의 눈빛을 갉아먹는 유혹이었다.

내일을 준비하며
오늘을 잃어버렸고,
내일의 행복을 기다리며
지금의 숨을 낭비했다.

그러나 —
삶은 늘
지금 이 순간의 체온으로만 존재한다.

해는 어제의 그림자를 지우지 않고,
바다는 내일의 파도를 미리 치지 않는다.

오직 지금의 숨결,
이 한 호흡만이
영원의 문을 연다.

그러니 나는 오늘을 산다.
마지막 날처럼,
처음 날처럼.

내일이 없는 자에게만
진짜 내일이 열린다.

청춘고백

한때,
나는 불이었다.
세상을 태우고,
신을 시험하고,
사랑조차 내 손안에 둘 수 있을 줄 알았다.

그때의 나는,
시간 위를 달리는 번개였다.
멈출 줄 몰랐고
멈춘다는 말조차 모른 채
끝없는 하늘로, 끝없는 욕망으로
달려갔다.

그러나 —
불은 자신을 태워야만
빛난다는 걸
그때는 몰랐다.

내 청춘은 타올랐다.
모든 걸 삼키며,
모든 걸 잃으며.

남은 건
재,
그리고 그 위에 서 있는 나.

누군가는 말하겠지.
그 시절을 찬란했다고,
그 시절을 미쳤다고.
하지만 나는 안다.
청춘이란 이름의 불길은
스스로를 태워야만
하늘을 볼 수 있다는 것을.

사랑도,
우정도,

명예도 —
그 모든 뜨거움은
결국 허공으로 스러져갔지만,
그 잿빛 허공 속에서
나는 나를 처음 보았다.

이제 묻는다.
그 불길의 끝에서
무엇이 나를 남겼는가.

고통이었을까.
용서였을까.
아니면,
끝내 꺼지지 않는
작은 불씨 하나였을까.

그 불씨가 아직
내 안에서 타오른다.

그래서 나는 오늘도,
다시 한 번 불러본다 —

청춘이여,
너는 사라진 것이 아니라
나의 심장에 숨어
지금도 타고 있구나.

빛, 길, 생명
— 가면무도회의 독백

나는 오래전부터 나무 뒤에 숨어 있었다.
빛이 두려웠고,
드러남이 고통이었다.

세상은 내게 말했다 —
이름을 가져라,
직함을 달아라,
가면을 써라,
그것이 너를 지켜줄 것이다.

그래서 나는 얼굴 위에 얼굴을 덧씌웠다.
명함은 방패가 되었고,
웃음은 갑옷이 되었다.
그때부터 나는
진짜 목소리를 잃었다.

거리는 화려했다.

가면무도회는 끊이지 않았다.
그 속에서 나는 웃었고,
웃음 뒤에서 천천히 사라졌다.

어느 날, 나무 뒤에서
내 그림자가 나를 부르더라.
"언제까지 숨을 셈이냐?"

그 목소리는 내 안에서
아득히 오래된 빛처럼 일어났다.
나는 처음으로
내 얼굴을 만졌다.
살아 있다는 감각이
피처럼 뜨겁게 흘렀다.

그제야 알았다 ―
길은 밖에 있지 않고,
빛은 멀리 있지 않으며,

생명은 나를 기다리고 있었다는 것을.

이제 나는 나무 뒤를 벗어난다.
세상은 여전히 가면무도회지만,
나는 맨 얼굴로 걷는다.
비로소 길이 열린다.
이 길의 이름은
나.

번지 없는 주막

밤이 또 왔다.
길은 어둡고,
별빛조차
지쳐 떨어지는 시간.

나는 어디서 왔는가,
어디로 가는가 —
이 물음 하나
등불처럼 흔들린다.

비 내리던 어느 고개마루,
낯선 이의 지게 아래서
한 줌의 온기를 빌려 마셨다.
그때의 막걸리 냄새가
아직 코끝에 맴돈다.

떠도는 인생이라지만
떠난 적 없었다.

언제나 길 위가
나의 자리였다.

한때는 이름을 가졌고,
사랑을 불렀고,
그리움이 살던
지붕도 있었지.
그러나 세월이
그 모든 번지를 지워버렸다.

지금은 그저,
길가의 불빛 하나가
나를 부르고,
달빛 한 점이
내 그림자를 거두어간다.

번지 없는 주막 —
오늘도 문은 열려 있고

주인은 세월,
손님은 나 하나뿐.

빈 술잔 하나를
하늘로 들어올리며
나는 중얼거린다.

"가야지…
그래도, 또 가야지…"

청춘을 돌려다오

시간이여,
그대는 왜 이토록 잔인한가!

내 두 손에 쥐었던 불꽃을
어디에 숨겨버렸는가.
내 가슴에 출렁이던 바다를
어디에 쏟아버렸는가.

한때는,
내 발자국이 길을 열었고
내 노래가 하늘을 울렸으며
내 눈빛 하나에
세상이 흔들렸건만—

이제는,
메마른 바람만이 내 곁을 스치고
돌아보는 그림자마저
흐릿이 사라져 간다.

시간의 악령이여!
내 청춘을 돌려다오.
한순간의 불꽃이라도 좋다.
단 하루의 눈부심이라도 좋다.

내가 흘린 피와 눈물,
내가 쏟은 사랑과 맹세를
하늘도 땅도 알고 있거늘
왜 그대만 외면하는가!

오, 청춘이여 —
돌아오라!
내 심장의 북소리 위로,
내 혼의 울부짖음 위로,
다시금 눈부신 빛으로
돌아오라!

은하수의 맹세

바람 몰아치는 세상,
구절초 무더기 흩날리는 날 —
나는, 고고한 승이 되지 않으리.

정에 맞아 산산이 부서질지라도
흔적 없이 세워지는 성이
과연 이 땅에 있으랴.

오늘, 나는 한 송이 별 되어
어둠을 찢고 떠오르리.

아서라, 아서라 —
흐르는 은하수,
그 광대한 물결 속에
나의 몸과 혼을
끝내 섞으리.

등마루촌 이발사

낡은 간판 아래,
한 자루 가위가 쉼 없이 움직인다.
칼날이 머리칼에 닿는 금속성 소리,
바닥에 흩날리는 검은 머리칼의 촉감,
삶은 잘려 나가도
오히려 이어진다.

머리칼은 자라고
다시 잘려 나가며,
가위 날에 스치는 손끝의 감각 속에서
인생의 무늬가 새겨진다.

소년의 첫 이발,
머리카락과 함께 웃음과 숨결이 공기 속에 떠다니고,
청년의 머리카락에서는
떠남의 긴장과 땀 냄새가 섞인다.
노인의 흰머리를 다듬으며
세월이 남긴 나무 향기와 주름 사이의 온기를 느낀다.

잘려 나간 머리칼은 바닥에 쌓이고,
손끝에서 느껴지는 가늘고 부드러운 감촉,
그리고 의자에 앉은 사람의 체온과 심장 뛰는 소리,
그 순간의 표정과 기억은 결코 사라지지 않는다.

작은 이발소 안,
가위질 하나, 물과 비누 냄새,
손과 두피가 맞닿는 촉감 속에서
생과 사, 시작과 끝이 교차한다.

등마루촌 이발사 —
나는 머리칼을 자르지만,
그 속에서 시간의 이치를 느끼고,
존재의 의미를 조용히 빚어낸다.
가위, 손끝, 숨결, 냄새, 그리고 소리 —
모든 것이 내 하루의 시다.

아직은 가슴이 떨릴 때

아직은 가슴이 떨릴 때,
세상은 낯설지 않고
새벽은 언제나 새로웠다.

한 번의 손짓에도
온몸이 흔들리고
한 줄의 시에도
빛이 반짝였다.

햇살은 약속처럼 쏟아지고
바람은 길을 열어주었다.
무엇도 확실하지 않았으나
모두 가능해 보였다.

길을 걷다 문득 돌아보면
남겨진 발자국과 함께
스며든 쓸쓸함이 있다.
낯익은 흔적 속,

살아온 날의 무게가 묻어난다.

아직은 가슴이 떨릴 때,
두려움마저 사랑했다.
설렘과 회한이 뒤섞인 떨림은
삶의 증거였고,
그 증거가 있는 동안
나는 여전히 살아 있었다.

밤이 깊어 별이 흔들릴 때에도
마음 한 켠 불안은 남아 있지만
그래도 나는 미소 짓는다.
떨림 속에서 꿈꾸었던 모든 날이
나를 여기 있게 했으니까.

존재의 값

나는 요란한 북소리보다
작은 피리 소리에 더 가까운 몸,
막걸리 잔 하나에 세상을 비추듯
고요 속에서 깊어가는 숨결이여라

장터의 웃음소리,
그 한복판에 서 있어도
내 마음은 흙냄새 스미는 곳에 깃들고
파편 속에서도 본질을 더듬는다

남의 길을 막지 않음은
내 길 또한 억지로 펴지지 않음을 알기 때문,
흐르는 바람 속에만
진짜 자유가 살아 있다는 걸
나는 배웠다

언젠가,

내 눈빛 하나, 내 시 한 줄이
사람들 마음에 불씨처럼 남아
허무를 태우고 희망을 지핀다면
그것이 내 존재의 값이리라

버티고개

누군가는 말하더라
저 고개만 넘으면
햇살이 웃고 있을 거라고.

하지만 나는 안다
그 고갯마루엔 늘 바람이 불고
걸음은 돌처럼 무거워진다는 걸.

숨이 턱 끝까지 차오를 때
나는 다시 묻는다
왜 여기까지 와버렸을까.

그래도 한 걸음,
또 한 걸음 내디디면
나도 모르게
세상이 조금씩 달라진다.

버틴다는 건

멈추지 않는다는 말.
넘어가지 못해도
끝내 서 있겠다는 약속.

그렇게 오늘도
나는 버티고개에 선다.
넘기 위해서가 아니라
살기 위해서.

광야

화려한 옷을 벗고
바람에 흔들리던 내 안의 갈대,
그것을 꺾으러
나는 떠나왔다.

가장 뜨거운 날, 나는 안에서 피었다

가장 뜨거운 날
그늘은 도망치고
바람도 혀를 내밀었지

누구는 쓰러졌고
누구는 외면했지
땅은 터지고, 땀은 소금이 되었어도

나는 안을 파고들었어
뿌리처럼, 기도처럼
더 깊이, 더 조용히

그리고 그날
아무도 보지 못한 곳에서
나는 피었다
향기로도 아니고
색깔로도 아니고

그저
버텨낸 존재로
피었다

우중정사(雨中靜思)

창밖엔 비가 내린다
말 없는 회색의 빛줄기,
잊혀진 기억처럼 조용히
세상을 씻는다

기와 끝에 맺힌 빗물
떨어질 듯, 머물 듯
마음 한켠 오래된 생각도
이 비에 젖어 무거워진다

종이 위에 흩뿌리는 먹물처럼
비는 나의 생각을 적시고
그 안에서 고요가 자란다
울지 않아도 울 수 있는 시간

세상은 멀어지고
나는 나에게 다가온다
우중의 정사,

이 침묵이 곧 나의 언어다

도도한 신(詩人)

그 참, 도도하네.
아니, 거만하네.

시집도 출판사 적자 안 날 만큼
예측하고 한정으로 찍는 시인.
시대 감각을 눈치채니
딴따라가 더 어울릴 법한 시인.

언론에 홍보 요청 한 번 안 하면서
記者를 오라 가라 손짓하는 시인.
출판기념회로 책 팔지 않고
60여 권 받은 시집,
단 세 군데만 보내는 짠돌이 시인.

운전 중 전화 받았단 핑계로
추천평 써 준 김주대님께조차
시집 한 권 못 보낸 시인.

찾아온 손님이 감탄하며 책을 집어 들면
"어, 그거 내 피값인데요" 하며
구천 원 책정가를 만 원에 받는 시인.

페북 친구 아니,
오래 묵은 벗 이윤학, 공광규,
임보, 김명인, 이재무,
성악가 최들풀, 평론가 김수이 님께도
시집 한 권 안 보낸 시인.

수술한 팔은 일 년 가야 아문다는데
벌써부터 술 마실 시인을 손가락으로 재고 있는 ―

와, 참말로 도도하고 거만한
이 쉰, 시인.
압축해 '신'이라 부를까.

음주운전으로 팔 부러뜨리고도

거 참, 술값은
안 아깝능갑네, 쯧쯧 —

7부 _ 시인 예수

명동 출입구

명동 출입구,
바람이 밀려드는 곳 ―
목탁 소리와 찬송이 부딪힌다.

곁에는 관자놀이 펄럭이는 전도자,
그 옆으로
사람들이 귀를 닫는다.

설핏, 발을 멈춘
관음증 환자 하나 ―
그는 세상의 울음을 훔쳐 듣는다.

돌이 불성 되어지기를,
쇠가 스스로 소리를 깨우기를,
나는 잠시, 화음을 꿈꾸었다.

그러나―
스님의 절제도,

전도자의 인내도,
타오르는 걸 끌 수는 없었다.

안수 받던 스님의 눈에서
불꽃이 치솟더니
"아이고……"
그 한마디가
명동의 하늘을 찢었다.

아수라장의 전도 현장 위,
염불 소리는
멱살 잡힌 손끝에서
단추처럼 뚝, 떨어졌다.

아,
낙타가 단추구멍을 통과하지 못하듯,
오늘 하루 —
구원은 문 앞에서
끝내 길을 잃었다.

서커스 교회

강단은 서커스 무대,
목사는 마술사 모자 쓰고
"하나님도 까불면 죽여!" 외치면
신도들은 짐승처럼 훈련받아
"아멘!" 하고 동시에 재주를 넘는다

정치인은 곡예사 흉내를 내며
허리 90도로 꺾어
의자 하나 챙기려 줄을 선다

십자가는 번쩍이는 간판,
찬송가는 배경음악,
기도는 장터 흥정이 되어
"복 주세요, 복!" 외치며
돈 지폐가 헌금통을 춤추게 한다

빛이라던 집단은
네온사인 아래서

증오를 설교로 바꾸고
탐욕을 축복으로 팔아넘긴다

관객은 웃지도, 울지도 못한 채
부끄러움만 들고 집에 간다

붓

고분을 발견한 학자가
붓으로 조심스레 흙을 털 듯
그는 사람의 마음을 그렇게 만진다

세상의 소음에 덮인 마음 위에
따뜻한 손길을 얹고
숨겨진 고통을 찾아
진심으로 들여다본다

깊은 상처도, 닫힌 마음도
억지로 열지 않고
기도라는 붓으로 먼지를 털고
위로라는 빛으로 진실을 비춘다

말보다 침묵이,
지시보다 기다림이 먼저이고
무리보다 한 영혼이 더 소중하다

그 사랑 앞에 서면 누구든
품을 느낀다

그는 사람을 연구하는 학자이자
영혼을 쓰다듬는 장인,
삶의 마음을 조심스레 전하는
참된 사람이다

오늘도 우리는 안다
그의 하루가
한 편의 말보다 더 깊은
은혜라는 것을

휘어진 십자가

병든 세월 붙들고
눈물로 살아온 이들,
손끝에 남은 흔적은
십자가 하나뿐이었다.

살고자 매달리고
의지하며 또 붙들다 보니
언덕 위 십자가는
곧추서지 못한 채
우리 무게와 함께 휘어졌다.

사람들은 말한다.
믿음이 크면
십자가는 흔들리지 않는다고.
끝내 우리는 알았다.
휘어진 모양이야말로
기도와 눈물,
절규가 새겨진 자리임을.

곧지 않아도 괜찮다.
휘어진 십자가 아래서
우리는 버려지지 않았고,
끝내 붙들린 채
살아남았다.

휘어짐 속에서 드러난 사랑,
그 사랑이 우리 모두의
증언이 되었다

눈물 속의 실존

말이 더딘 이가 있었다.
설교 중에 그는 멈추었고
우리는 낯선 정적 속에 서 있었다.

그의 언어는 더 이상 이어지지 못하고
대신, 눈물이 흘렀다.
억눌린 가슴에서 솟구친 은혜가
말보다 먼저 강물이 되어 쏟아졌다.

우리는 이해할 수 없었다.
그러나 그 얼굴 위에 환히 번지는 빛은
어떤 교리보다, 어떤 증언보다
더 분명한 진실이 되었다.

그 울음 속에서
나는 신의 실존을 보았다.
말씀은 멈추었으나,
말씀보다 큰 말씀이 우리를 덮었다

관계의 온도

어떤 이는
따뜻한 말 한마디에
천국의 문을 열고,
또 어떤 이는
식은 시선 하나에
지옥의 문턱을 밟는다.

천국은
구름 위에 있지 않았다.
이름을 잊지 않고 불러주는 목소리,
비울 줄 아는 귀,
무거운 마음을
조용히 잡아주는 손끝.

지옥은
불길로 가득한 땅이 아니었다.
외면, 침묵,
돌보다 무거운 말들,

함께 있어도
텅 빈 자리에 피는 한기.

사람은
사람 안에서만 타오르고
사람 안에서만 식는다.
하늘과 땅은 그저 배경일 뿐,
진짜 천국은
당신의 마음 안에 있었고,
지옥도 마찬가지였다.

말 한마디, 눈빛 하나,
귀 기울임과 외면 사이 —
우리는 매일
천국과 지옥 사이에 선다.

나는 오늘,
누구의 천국이었을까.

혹은 지옥이었을까.
문득, 내 안의
온도가 궁금해진다.

샘 곁의 나무

그는
샘 곁에 뿌리 내린 나무였다.

가뭄에도 시들지 않고
폭풍에도 꺾이지 않았다.

뿌리는 보이지 않았지만
늘 깊은 물을 품고 있었고
그 가지는 담을 넘어갔다.

사람들이 물었다.
어떻게 그 세월을 견뎠느냐고.
그는 대답하지 않았다.
그의 침묵이 대답이었다.

그곳에
맑은 샘이 있었다.
물이 솟고

꽃이 피고
때가 되어 열매가 맺혔다.

이제
그 가지는 담 너머에서 그늘이 되고
건너갈 길 없는 이들에게
다리가 된다.

험한 세상,
담을 넘는 가지 하나가
누군가의 쉼이 되고
길이 된다는 것.
그것이 복이었다.

죽음의 승리

그는 모든 것을 가졌다.
힘, 지혜,
인간의 공포와 욕망까지.
그러나 하나,
죽을 수 없었다.

죽지 못하는 자는
끝내 이길 수 없다.
죽음만이
진실을 증명하기 때문이다.

그날, 한 사람이
숨을 내려놓았다.
칼이 아니라,
절망이 아니라,
의지로.

죽음을 모르는 자는

삶의 심연을 모른다.
죽음을 통과한 자만이
그 깊이를 안다.

나는 그 심연 속으로 떨어졌다.

그가 다시 일어날 때,
나도 모르게
다시 존재하기 시작했다.

이제 나는
패배한 힘의 손아귀에 없다.

죽음을 자발적으로 수락한 존재,
그 낯선 승리 속에
조용히
포함되었다

현재적 예수

그분은 더 이상
먼 갈릴리 호숫가에 계시지 않는다.

그분은
야간 버스 손잡이를 붙든 사람의
떨리는 손목에 계시고,
지하철 창밖을 멍하니 보는
내 눈동자 깊은 곳에 계신다.

누구도
그분을 알아보지 못한다.
그분은 배낭을 멘 노숙자의 뒷모습이고,
욕설에 지친 엄마의 마른 어깨며,
어디에도 소속되지 못한 청년의
다 타들어간 담배끝이다.

그분은 말없이 계신다.
그리고 기다리신다.

포기하지 않고,

도망가지 않고,

그저 함께 계신다.

나는 종종 묻는다.

예수, 당신 지금 어디에 계십니까?

그러면

어디선가 아주 작은 숨소리처럼

이런 속삭임이 들린다.

나는 여기 있다.

너의 방황에,

너의 회피에,

너의 조용한 울음에 —

내가 너보다 먼저,

이미 거기 있었다.

방랑자 예수

길 위에서 그는 발자국을 남기지 않았다.
먼지 속에서도, 돌길 위에서도
모든 걸 흘려보내고 걸었다.

바람은 그의 망토를 흔들고
햇살은 그의 그림자를 따라다녔다.
만나는 자마다 고개를 들었지만,
그는 머물지 않았다.

길 위의 고독은 시였고,
설교는 발걸음 하나하나에 스며들었다.
가난한 자의 눈, 병든 자의 손,

그 속에서 그는
세상의 법칙보다 더 깊은 진리를 읽었다.

밤이 오면 별들이 길을 비추었고,
그는 여전히 걸었다.

떠남 속에서 발견한 길,
길 위에서 써 내려간 삶,
그 발걸음마다 울림이 있었다.

방랑자였지만,
그의 걸음은
세상을 흔드는 시였고,
인간 존재의 한가운데
빛나는 불꽃으로 남았다.

시인 예수

그는 글자를 쓰지 않았다.
그의 침묵은 말보다 깊었고,
그의 말은 침묵보다 무거웠다.

그의 시는
종이 위가 아니라
인간의 심연에 적혔다.
한 마디 사랑이
한 시대를 넘어
존재의 법칙이 되었다.

그는 고통을 피하지 않고
그것을 문장으로 삼았으며,
죽음을 거부하지 않고
그것을 마침표로 삼았다.

그 마침표는
끝이 아니라 시작이었고,

무덤의 어둠은
새로운 빛의 첫 행이었다.

그는 고통 속에서 시를 노래했고,
죽음 속에서 시를 마무리했다.
그 시는 무덤을 뚫고
새벽의 돌문을 열었고,
어둠을 가르는 불빛처럼
세기를 넘어 지금도 살아 있다.

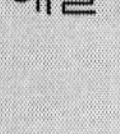

해설

이동녘의 시에 나타난 '관계의 건축'

— 임형욱(시인)

1.

이동녘은 시인이다. 1989년『실천문학』을 통해 시로 등단했고, 이번 시집을 포함해 여섯 권의 시집을 출간했으니 그를 시인이라 부르는 것은 당연한 일이다. 그런데 이동녘을 시인으로만 규정하기에는 뭔가 많이 부족하다는 느낌을 지울 수가 없다. 왜일까?

오래 전의 일이다. 첫 시집『강』으로 '오늘의작가상'을 수상한 소설가 구광본과, 같은 시기에 시집『햄버거에 대한 명상』으로 '김수영문학상'을 수상한 소설가 장정일, 그리고『소설문학』신인상에 당선해 이제 막 시인으로 등단한 필자를 포함해 셋이서 축하차 모인 자리에서 내가 물었다. "시란 무엇인가?"라고. 아마 셋 모두가 원래는 소설을 쓰다가 시로 먼저 주목을 받게 된 공통점이 있어서 그렇게 물었을 것이다. 그때 구광본은 "시는 규정짓는 모든 것으로부터 벗어나기 위한 몸부림이 아닐까?"라고 답했다.
'이동녘은 시인이다'라고 쓴 순간, 시인이라는 규정에서 벗어나고자 하는 어떤 강력한 몸부림을 느낀 것은 구광본의

그 대답이 오랜 시간 내 심장을 뜨겁게 했던 기억과, 지난
30여 년 동안 이동녘 시인의 삶을 때론 가까이서 때론 멀리
서 지켜봐온 경험 때문이리라.

이동녘은 시인으로만 규정하기엔 참으로 다사다난한 삶을
살았다. 가난한 신학생, 교통사고 후유증으로 평생을 골수
염으로 앓고 있는 한 아내의 남편, 천막교회 전도사, 구세
군 사관, 오방떡 장사, 문방구 주인, 청원경찰, 등마루촌 이
발사, 평상복을 입은 목회자….
이동녘은 천상 시인일 수밖에 없는 여린 감성과, 평생을 옭
죄어온 가난과 끈질기게 싸워온 강인한 영혼을 가진 사람
이다. 장사익의 노래를 좋아하는 소리꾼이자, 어디 한곳에
얽매이기 싫어하는 자유로운 방랑자이기도 하다.

그런 그가 어쩌면 마지막이 될지도 모르는 시집을 묶어 내
려고 한다. 그가 바라본 세상은 어떤 모습일까? 그는 마지
막 시집을 통해 무엇을 노래하고 싶은 것일까? 나는 이러
한 궁금증을 해소하기 위해 꽤 긴 시간을 들여 그의 시들을
여러 차례 읽고 또 읽었다.

이 글은 해설을 빙자한 나의 지극히 사적인 독후감이자, 나
의 궁금증에 대해 자문자답하는 질문지이다. 정답은 없다.
누구나 스스로 자기 인생의 주인공이듯, 모든 답은 읽는 이
의 몫이므로.

2.

이 시집의 편집자이기도 한 필자는 이동녘의 시들을 7부로 나누어 보았다. 물론 이 시집에 수록된 시들에 대한 최종결정은 시인 자신이 했다.

제1부는 사랑을 노래한 시들을 묶었다. 다사다난하고 파란이 많은 삶을 살아온 이동녘의 시에는 세월의 상처들이 만든 옹이의 흔적이 많다. 그런데 그 옹이들에도 불구하고 그의 시에서 가장 화려한 열매로 빛나는 것은 단연 사랑이다.

> 처음 본 날,
> 내 세상은
> 너로 기울기 시작했다.
>
> 네가 웃었다.
> 그 순간,
> 나는 사랑이 뭔지 알았다.
>
> ―「빠져들다」 전문

단 여섯 줄, 이 짧은 문장으로 시인은 사랑의 본질을 이야기한다.

세상에는 너와 나 둘이 있다. 네가 웃는 순간, 너로 인해 나는 사랑을 알게 된다. 그때부터 세상은 너를 향해 기울기 시작한다. 내가 살아가는 세상의 창세기는 너의 웃음으로 인해, 사랑으로 시작되는 것이라고 시인은 노래한다. 태초에 너와 내가 있었고 너와 나 사이에 웃음이 생겨남으로 인해 세상은 사랑으로 빛나는 세상으로 창조된다.

사랑이란,
이토록 미친 듯한 꿈틀 —
심장을 찢어서라도
네게 닿으려는
뜨거운 고백이다

-「꿈틀」 일부

사랑에는 말이 필요 없다. 웃음이야말로 어떤 문자와 언어도 뛰어넘는, 문자 이전의 문자, 언어 이전의 언어이므로, 그렇다. 사랑은 나와 너 사이의 거리를 좁히려는 노력이자, 거리를 건너뛰는 초월이자, 네게 닿으려는 뜨거운 몸짓이요 고백이다.

당신 말끝에
비가 맺혔다

웃음은 접힌 우산처럼
한쪽 구석에 버려져 있었다

눈동자가 먼 곳을 향할 때
우리 사이엔 이미
먹구름이 모였다

작별이라는 번개가
금방이라도 칠 것 같아
나는 마지막으로
당신의 손을 잡았다

그리고 그 순간,
비가 나였다

-「호우주의보」 전문

사람과 사람 사이의 관계에서 웃음이 버려질 때 그 관계도
버려진다. 시인은 말한다. 웃음이 버려지고 우리(너+나) 사
이에 먹구름이 보일 때 나는 작별이 두려웠다고. 그래도 내
가 사랑을 포기하지 않고 마지막으로 너(당신)의 손을 잡
는 순간, 그 비(호우)가 바로 나였다고.
이 고백의 의미는 이중적이다. 너와 나 사이의 관계를 가로
막는 호우의 원인이 바로 나이며, 동시에 너와 나 사이의
관계를 잇기 위해 지금 이 순간 우리를 잇고 있는 것 또한
바로 나라는 것이다. '비가 나'라는 고백은 오랜 시간, 사랑
의 본질을 찾아 헤매고 사랑을 앓아온 늙은 시인이 인생의
웅숭깊은 우물 속에서 마지막으로 건져 올린 생수 같은 통
찰일 것이다.

사람들은 첫눈을 반가워하지만
나는 문득, 두렵다.
이토록 하얀 침묵이

우리의 말과 눈물,
웃음과 약속마저 삼켜버릴까 봐.

-「첫눈」 일부

그래서 시인은 너와 나 사이의 관계를 단절시키려는 모든
것들이 두렵다. 너와 내가 걸어온 발자국을 지워버리려는
첫눈이, 우리의 말과 눈물, 웃음과 약속을 삼켜버리려는 하
얀 침묵이 두렵다. 세상은 홀로 존재하는 것이 아니라 너와
나 사이의 관계 속에서 존재하는 것이므로. 세상은 우리가
함께 만들어가는 것이므로.

저 하늘 끝,
운명은 우리를 두 날개로 태어나게 했으나
결국 하나의 하늘을 허락하지 않았다.

그대의 날개가 꺾이는 순간,
나의 몸 또한 산산이 부서졌다.
홀로는 날 수 없는 새,
비익조의 사랑은 그렇게 저주처럼 흩어졌다.

(중략)

이 추락조차 끝이 아니리라.
언젠가 별의 강 위에서
그대와 다시 날아오를 날이 있으리.

두 날개, 한몸 되어

우리가 다시 하늘을 찢고 오를 때,

그 순간이 곧 영원이라 불리리라.

-「비익조」 일부

시인은 너와 나를, 우리를 반쪽 날개를 가진 새 비익조라고 은유한다. 두 날개로 태어났으나 하나의 하늘을 허락받지 못한 불완전한 존재인 우리는 반쪽 날개로 어둠을 헤매며 그대(너)를 부르다, 마침내 두 날개 한몸이 되어 다시 하늘을 날아오를 때 영원을 찾을 수 있다고. 스스로가 두 날개를 가진 완전한 존재라고 여길 때 온전한 하늘을 날아오를 수 없었던 새가, 마침내 반쪽 날개를 가진 불완전한 존재라는 것을 인식하고 서로의 불완전함을 채워줄 너라는 존재를 만남으로써 비로소 온전히 하늘을 날아오를 수 있다는 것이다.

너와 나는 홀로 완전한 존재가 아니며, 너와 내가 사랑으로 이어져 마침내 우리가 될 때 우리가 사는 세상은 완전한 세상으로 새롭게 창조된다는 것이다. 이것이 이동녘 시인의 많은 시들이 사랑에 대해 노래하는 이유다.

3.

시인은 사람과 사람 사이의 관계를 잇는 것은 사랑이라고 말한다. 이동녘 시인의 다른 시들, 특히 연작시들에서도 마찬가지다. 〈달번지〉 연작, 〈초월역〉 연작, 〈인생극장〉 연작, 〈타인들〉 연작은 전혀 다른 주제와 소재들로 엮인 연작시

들이지만 이 시들이 노래하는 것도 사람과 사람 사이 관계
의 문제다.

　　굴뚝 연기는
　　남의 집에서만 피어올랐다

　　찬 공기와 바람이
　　우리 밥상에 먼저 앉았다

-「달번지 3 -허기」 전문

너와 나 사이의 관계가 우리가 되지 못 하고, 나 아니면 남
인 관계가 될 때 세상은 차갑고 배고픈 세상일 뿐이다. 굴
뚝 연기는 남의 집에만 피어오르고, 우리 밥상에는 찬 공기
와 바람만 먼저 앉는 차가운 세상으로 변모하는 것이다.

　　심방이라 온 무명 자매
　　기도는 못 하고
　　눈물로만 예배를 드렸다

　　그 울음이 방 안을 채우자
　　가난한 집도
　　잠시 따뜻해졌다

-「달번지 4 -통곡」 전문

그러나 이 차가운 세상을 따뜻하게 만드는 것 역시 사랑이다. 「달번지 4 -통곡」에서는 달번지의 한 가난한 가정에 심방을 온 한 이름 없는 자매의 모습을 보여준다. 그 가정을 위해 기도라도 드리려고 했으나 어떠한 축복기도도 위로의 기도도 드릴 수 없는 상황에 눈물만 흘리는 예배의 풍경을 그리고 있다. 그러나 아무것도 해줄 수 없어서 오직 눈물만 흘리는 그 순간 그 가난한 집은 사랑의 온기로 가득차고 가난한 집도 잠시 따뜻해진다.

사랑은 어려운 일이 아니다. 내가 너에게 공감해주고 힘든 그의 곁에 함께 있어 주는 것이다.

그러나 '잠시'라는 단어를 통해 시인은 이런 잠시의 공감이나 동정이 가난을 해결해주지도 세상을 온전히 변화시켜주지 못한다는 것도 함께 이야기한다.

초월역—
그 이름은 멈춤이 아니라
건너감의 다른 이름.

네가 떠난 날 이후
나는 그곳을 지나며
매번 다른 나로 환승했다.

현실이라는 마지막 정차역,
그 뒤편에 숨어 있는
조용한 도착지.

-「초월역」 연작 일부

문득, 나를 부르는 소리
무언가 울린다 —
심장인지,
기차인지 모를 떨림.

나는 탔다.
그리고 내렸다.
어디였는지는 중요치 않았다.
그 순간, 나는
나를 넘어선 나였다.

-「초월역」 연작 일부

〈초월역〉 연작의 초월역은 실존하는 역 이름이 아니다. 초월역은 생과 사를 초월하는 역, 삶과 죽음을 가르는 경계를 비유한다. 달번지가 현실 속에 어딘가 존재하는, 또는 존재할 법한 현실을 이야기한다면, 초월역은 이동녘 시인의 시들 중에서 보기 드물게 현실에서 존재하지 않은 관념을 이야기한다는 점에서 상당히 독특한 연작이다. 그럼에도 불구하고, 관계의 문제를 들여다보고자 하는 시인의 태도는 여전하다.

초월역은 멈춤이 아니라 건너감의 다른 이름이라고 시인은 이야기한다. 초월역은 또한 네가 떠난 날 이후 매번 다른 나로 환승하기 위해 내가 지나가야 하는 곳이다, 네가 떠

난, 즉 너라는 존재가 부재한 순간 이후 초월역은 삶과 죽
음의 경계 사이를 환승하는 환승역이 된다. 사랑하는 네가
없는 순간, 나는 현실이라는 마지막 정차역에서 그 뒤편에
숨어 있는 조용한 도착지이자 생사의 환승역인 초월역에
서게 된다. 그만큼 우리가 살아가는 현실 속에서 너라는 존
재는, 사랑이라는 의미는 비교할 수 없이 중요하기 때문이
다.

그 초월역에 선 순간 문득 나를 부르는 소리에 심장인지 기
차인지 모를 떨림을 나는 느낀다. 너라는 존재를 느끼는 순
간, 나는 주저없이 초월역으로 가는 기차를 타고 또 내린
다. 그곳이 생과 사 중 어딘지는 중요하지 않다. 그 순간, 나
는 이미 나를 넘어선 나가 된다, 네가 세상의 전부이므로.
네가 없는 세상은 죽은 것과 마찬가지이고, 네가 있다면 그
곳은 죽음을 넘어서라도 내가 달려가야 할 곳이므로.

사람은 누구나
누군가의 경계에서 태어나고,
누군가의 그림자 속에서 사라진다.
그러나 그 사이 —
잠깐의 숨결, 잠깐의 눈빛 속에서
신의 손끝이 우리를 이어붙인다.

그리하여 타인은
결국 내 안의 또 다른 나요,
거울에 비친 나의 영겁이 된다.

우린 스쳤으되,

그 스침 하나로

세계의 방향이 바뀌었다.

-「타인들 -만남」 일부

삶과 죽음의 경계, 너와 나의 경계를 허무는 관계의 문제는 〈타인들〉 연작에서도 계속된다. '사람은 누구나 누군가의 경계에서 태어나고 누군가의 그림자 속에서 사라진다'는 관계의 문제는 〈초월역〉 연작과 동일하다, 〈초월역〉 연작이 삶과 죽음은 문제를 가상의 공간적 영역에서 다루었다면, 〈타인들〉연작은 '타인들'이라는 제목에서 드러나듯, 타인(너)와 나 즉 사람과 사람 사이의 관계의 영역을 다룬다는 차이만 있을 뿐이다. 그러나 초월역 연작에서 내가 '나를 넘어선 나'로 표현되듯, 타인들 연작에서도 '타인은 결국 내 안의 또 다른 나'라고 시인은 이야기한다. 나를 넘어선 나는 곧 네가 되고 우리가 되듯. 너(타인) 또한 결국은 내 안의 또 다른 나일 뿐이라는 것이다. 너는 '거울에 비친 나의 영겹'이며, 네가 아닌 내가, 너 또는 내가 아닌 우리는 스침 하나로 세계의 방향이 바뀌는 소중한 존재라는 것이다. 이것은 앞서 반쪽 날개로 하나의 온전한 세상을 날 수 있다고 노래한 「비익조」와도 연결되는, 동일한 존재의 양식이다.

사랑도 그러했다.

떠나보내는 일로 완성되는,
그리하여 다시 나로 돌아오는 순환의 법칙.

-「타인들 -회귀」 일부

앞서 1부에서 노래했던, '사랑도 그러했'듯이 삶은 '떠나보내는 일로 완성되는, 그리하여 다시 나로 돌아오는 순환의 법칙' 속에 존재하는 것이다. 떠나보냄으로써 너라는 존재의 가치를 절감하게 되고, 너를 통해 다시 나로 돌아오는 순환의 법칙. 이것이 바로 이 세상이 존재하는 방식, 관계의 법칙인 것이다.

네가 떠난 자리에
빛이 남았다.
그 빛은 아물지 않는 상처처럼
내 하루의 구석구석을 비추었다.

사람은
사라지는 존재가 아니라
흩어지는 존재였다.
흩어져야만
다시, 흙이 되고
다시, 생명이 되고
다시, 나로 돌아온다.

-「타인들 -이별」 일부

그리하여 '네가 떠난 자리에'도 싸늘한 온기나 어둠이 아닌 '빛이 남'는다. '그 빛은 아물지 않은 상처처럼 내 하루의 구석구석을 비추'는 따스한 온기이고, 남겨진 자에게는 살아갈 이유가 된다. '너'가 부재한 세상에서도 너라는 존재의 기억만으로도 온기를 느끼고 삶의 이유를 발견한 시인은 이제 너와 나의 관계에서 한발 더 걸음을 내딛는다. '사람은 사라지는 존개가 아니라 흩어지는 존재'라는 것을 발견하며, 이제는 떠나버린 네가, 부재한 '너'가 다시 흙이되고 생명이 되어 나에게도 다시 돌아온다는 새로운 관계의 법칙을 깨닫는다.

이러한 관계의 발견은 시인에게 너와 네가 아닌 타인들, 세상 모든 사람들의 삶 속으로 걸어들어가는 원동력이 된다, 또한, 몇 걸음 더 나아가 사람과 사람 사이의 관계를 벗어나, 우리 주변에 존재하는 사물들, 즉 꽃과 풀과 바위와 나무와 세상 모든 풍경들에게로 향하는 관계의 확장으로 이어진다.

4.

시인은 이제 '너'와 '나', '우리'라는 사적 관계에서 사람 사는 세상, 즉 공동체적 관계로 시선을 확장한다. 그러면서 시인은 이제 사랑의 아름다움이나, 설렘, 아픔, 이별, 만남 등 사적인 관계의 문제가 아닌 공동체의 삶을 노래한다. 제3부 〈육자배기〉의 시들이 그렇다.

쥐를 쫓다 장독을 깬 놈이 있네
사람들은 "참, 요 짓거리 보소" 흉보며 웃지만
쥐 빠진 집안은 허허롭도록 가벼워졌다

장독은 다시 빚으면 되는 거고
놓친 순간의 쥐는 다시 오지 않네

흙과 술, 장 냄새 속에서
우리가 지켜야 할 건 껍데긴가, 알맹인가

웃음 끝에 흩어진 파편 위로
"에이, 그라믄 또 담그면 되지"
그 소리 장터에 울려 퍼지며
세상 근심 몽땅 쓸어갔다

-「쥐 잡다 장독 깬 놈」 전문

쥐를 잡다 장독을 깬 놈에 대해 사람들은 '쥐 잡다 장독 깬 놈'이라며 흉보며 웃지만, 시인은 장독은 다시 빚으면 되지만 쥐는 놓치면 다시 잡기 힘든 거 아니냐는 여유를 보인다. 그러면서 우리가 지켜야 할 것이 술과 장이라는 알맹이인지, 흙으로 빚는 장독 껍데기인지 삶의 본질에 대해 묻는다. 그러면서 웃음 끝에 흩어진 파편 위로 "에이, 그라믄 또 담그면 되지"라고 말하는 작중 화자(쥐 잡다 장독 깬 놈)의 입을 통해 삶의 여유를 노래한다. 이러한 여유야말로 세상 근심을 몽땅 쓸어가는 힘이라는 것이다.

아궁이 앞에 앉은 년 하나
해 질 무렵 김 굽다
연기보다 먼저 불 지펴
마을 한켠을 다 태웠지

연기 휘날리며 오만 냄새
된장국마냥 코끝을 찔러도
그 년은 모른 척
굴뚝에 붉은 꽃 피운 줄 알았지

할매들 혀 차며 말하대
"허, 그 년 또 사고쳤지 뭐"
소는 멀쩡한데 외양간만 홀딱
된장독, 옹기까지 덤터기

허나
불 지펴야 김도 익고
김 익어야 겨울 나지
그년 손등엔 불자국 남았어도
밥상엔 따스한 김 한 장 남았지
-「김 굽다 불낸 년」 전문

그런가 하면 김 굽다가 불낸 년 이야기는 또 어떤가? 아궁
이에 앉아 김 한 장 굽다가 집 한 칸 홀라당 다 태우고 마을

한켠까지 태운 '김 굽다 불낸 년'은 굴뚝에 붉은 꽃 피운 줄 알았다며 능청을 피운다. 그런데도 말하는 본새가 밉지 않다. 시인의 시선이 따뜻한 탓이다. 여기서 더 나아가 시인은 '불 지펴야 김도 익고 김 익어야 겨울 나지. 그년 손등엔 불자국 남았어도 밥상엔 따스한 김 한 장 남았지' 않냐고 김 굽다 불낸 년을 편든다. 불낸 년이나 시인이나 여유롭기는 마찬가지다.

여기서 주목할 것은 시의 배경이 되는 공간이다, 쥐 잡다 장독 깬 놈이 "에이, 그라믄 또 담그면 되지"라고 너스레를 떠는 공간은 시골장터이고, 김 굽다 불낸 년이 굴뚝에 붉은 꽃 피운 줄 알았다는 공간은 아궁이, 굴뚝, 외양간이 있는 옛날 옛적 시골이다, 한 편은 시골 장터라는 공간이고, 다른 한 편은 그 옛날의 시골 마을인데, 이 두 공간의 동일점은 사람들이 함께 삶을 나누고 살아가던 '공동체'라는 점이다.
백화점, 대형마트, 아파트, 빌라라는 지금의 모습과는 사뭇 다른 시골장터라는 공간적 배경과 옛날 옛적의 시골마을이라는 시간적 배경에는 이 시들에서 노래하는 삶의 여유와 지혜, 그리고 능청과 너스레, 그리고 해학이 지금은 우리가 잃어가고 있는 것들이라는 시인의 안타까움과 그리움이 깊이 묻어난다.

아이고 세상살이 별 거 있드냐,
양반 상놈 갈라봐야

밥은 다 똑같이 꿀꺽꿀꺽 넘어가는 것.

내가 술잔만 들면
동네 상놈 양반이 죄다 모여
"월매 어멈, 한 수 가르쳐주소."
헛, 내가 뭔 스승이여,
막걸리 사발 비우는 게 학문이라면
내가 성현이지!

-「월매전」 일부

우리가 잃어가고 있는 공동체적 삶에 대한 시인의 그리움은 몇 걸음 더 나아가 「춘향전」에 나오는 월매에게로 향한다.

'아이고 세상살이 별 거 있드냐?'며 시작하는 왕년의 기생 혹은 현직 주모인 듯한 월매는 '양반 상놈 갈라봐야 밥은 다 똑같이 꿀꺽꿀꺽 넘어가는 것'이라며, '막걸리 사발 비우는 게 학문이라면 내가 성현이지!'라고 일갈한다. 엄격한 신분제 사회였던 조선 시대를 배경으로. 양반 상놈 갈라봐야 별 거 없다, 막걸리 사발 비우는 걸로는 내가 성현이라는 말은 한 세월의 풍파를 오롯이 겪고 삶의 끄트머리에서 진정으로 중요한 것이 무엇인지를 발견한 사람에게서만 나올 수 있는 말이다.

'한 세상은 이렇게 훌훌 털고 가는 거지, 내일 걱정은 내일 술에 말아 삼키면 되나니'라는 월매의 또다른 말은 지금에 와서도 술꾼들에게서 많이 듣게 되는 말이다. 조선과 현대를 훌쩍 건너뛰는, 시간을 초월한 해학이다.

　　비 오는 날 골목 끝,
　　지글지글 기름 냄새 퍼지면
　　발길이 절로 꺾이지.

　　순희네 빈대떡집,
　　두꺼운 전이 노릇노릇 뒤집히고
　　걸쭉한 막걸리 한 사발
　　목구멍에 철렁 내려가면,
　　세상 근심이 다 거품 같더라.

　　"형님 왔수?"
　　순희가 허리춤에 손 닦으며 웃어주면
　　그 웃음에 또 한 잔,
　　빈대떡에 파 송송 얹어 한 입.

　　이 집 상 위엔
　　서울도, 세상도 다 잊혀지고
　　웃음만 걸쭉하게 부푼다.

　　밖에선 빗방울이 북 치고,
　　안에선 숟가락이 장단 맞추네.
　　순희네 빈대떡,
　　여기가 사람 사는 세상 맞이지

-「순희네 빈대떡」 전문

우리가 잃어가고 있는 공동체적 삶에 대한 그리움을 찾아, 시인은 비 오는 날 광장시장의 〈순희네 빈대떡〉집을 찾는다. "형님 왔수?" 하면서 '순희네가 허리춤에 손 닦으며 웃어주면 그 웃음에 한 잔, 빈대떡에 파 송송 얹어 한 입' 먹으며 세상 시름을 잊는다. 밖에선 빗방울이 북 치고, 안에선 숟가락이 장단 맞추는 순희네 빈대떡 집에서 사람 사는 세상의 맛을 느낀다.

산 자와 죽은 자,
가난한 자와 병든 자,
모두가 한 울음, 한 춤으로
뒤섞여 하나가 된다.

(중략)

신명은 알았다.
이것은 단순한 춤이 아니라
삶이 버텨내는 방식이며,
절망이 스스로 불태워
빛으로 거듭나는 길임을.

-「신명」 일부

시인이 그리워하는 사람 사는 세상은 산 자와 죽은 자, 가

난한 자와 병든 자 모두 한 울음, 한 춤으로 뒤섞여 하나가
되는 세상이다. 신명나는 세상이다. 시인이 공동체적 삶에
서 찾아낸 '신명'은 '삶이 버텨내는 방식이며, 절망이 스스
로 불태워 빛으로 거듭나는 길'이다.
너와 나를 벗어나, 우리가 되는, 서로가 되는 공동체의 삶
에서 시인이 찾아낸 빛의 길이다.

5.

너와 나에서 벗어나 '우리'라는 공동체적 삶 속으로 들어가
고자 했던 시인의 눈길은 우리 주변의 사물들에게로도 향
한다. 이동녘 시인이 사물들을 바라보는 방식은 크게 2가
지로 나뉘는 것으로 읽힌다. 하나는, 우리 주변의 사물들을
고요히 관조하는 것이고, 다른 하나는 사물들 속으로 시인
의 자아가 투입되어 동일화되는 것이다. 제4부의 시들은 사
물을 관조하는 시들이다.

　　　　바다는 그날, 울고 있었다
　　　　핏물 들인 듯 저 붉은 꽃잎 아래
　　　　누군가의 마지막 숨결이 젖어 있었다

　　　　그녀는 기다렸다고 했다
　　　　바람이 등을 떠미는 자리에서
　　　　끝내 오지 않는 발자국 하나를 위해
　　　　천 번은 피고, 천 번은 졌다고

밤이 오면 그녀의 눈이 꽃잎이 되고
파도가 철썩, 죄를 고백하듯 울면
그 향기 속엔 목이 멘 이름 하나
서럽게, 피어났다

누가 그녀를 꽃이라 불렀는가
가시에 찔려 피 흘린 건
오히려 세상이었거늘

그녀는 죽어서도 붉게 피었다
모래 위, 불길처럼 타오르며
잊혀지길 거부하는 노래처럼
바다의 심장을 쥐고, 다시 살아났다

-「해당화」 전문

바다가 울고 있는 날, 누군가의 마지막 숨결이 젖어 있는 붉은 꽃잎. 그녀는 기다린다. 끝내오지 않는 발자국 하나를 위해 천 번은 피고 지면서. 기다림에 지쳐 죽으면서 그녀는 한 송이 붉은 꽃으로 피어난다. 사랑하는 사람으로부터 잊혀지기를 온몸으로 거부하며 핏물 들인 것 같은 해당화로 피어난 그녀는 바다의 심장을 쥐고 해당화로 다시 살아났다.

바닷가에 피어난 해당화 한 송이를 바라보면서, 누군가를 기다리며 그 누군가에게 잊혀지기를 거부하는 한 여자의 삶을 꽃과 동일화한 「해당화」는 이동녘 시의 절창 중 하나다. 이는 해당화라는 그것(사물)과 누군가를 기다리는 그녀 (사람) 사이의 거리를 완전히 없애버림으로써 창조된, 새로운 관계 맺기의 결과일 것이다.

하나의 사물을 의인화하여 사람과 동일화함으로써, 그 사물의 새로운 내면을 해석해내는 이동녘 시의 특징은 「주름 왕관」과 같은 시에도 계속하여 나타난다.

　　　　향기 없다고 탓하지 마라
　　　　한때 드높은 깃발이었음을
　　　　동창을 진두지휘하던
　　　　처녀였음을

　　　　풍파에 이리저리 휘몰아친 얼굴에
　　　　주름 왕관이 저절로 쓰인 게 아니었으리

　　　　이른 새벽녘
　　　　성남에서 안암동 사거리를 뚫고 가느라
　　　　눈보라와 빗길 위에 나라를 책임지느라

　　　　이제는 혼미해진 기억이
　　　　오늘은 풍성이를 용성이로 불렀네

　　　　창가에 복사꽃 눈처럼 내리는 봄
　　　　새빨간 제라늄이 하도 아득하여 —

－「주름왕관」 전문

시인은 향기 없는 꽃 제라늄을 바라보며, 그 꽃 속에 한 인물을 투사한다. 지금은 젊었던 봄날과 같은 향기도 없고 나이 탓에 기억마저 혼미해졌지만, 한때는 동창들을 진두지휘하던 드높은 깃발이었던 누군가의, 풍파가 휘몰아친 그 얼굴 위에 왕관처럼 드리운 그 주름들을 보며 시인은 창가에 복사꽃이 눈처럼 내리던 한 인물의 봄날과도 같았던 청춘을 투사한다. 지금은 늙고 초라한 얼굴일지라도 그 주름 속에 지나온 불꽃같았던 봄날 같았던 청춘 시절을 새빨간 제라늄 한 송이를 통해 추억하는 것이다. 이것은 꽃 한 송이든, 늙고 지친 한 사람이든 누구에게나 애정 어린 눈길로 바라보는 시인의 시선이 이루어낸 성취일 것이다.

그 모퉁이 전신주 아래
망초꽃 한 포기 쏟아져 있었고
달빛에 무너진 꽃가지에는
오바이트 슬픈 청춘의 꽃자국이 물들어 있었다

장대를 잃고 달을 따지 못한 아픔이었을까
애인을 낚아채 간 바람의 발톱을 잡는 울음소리였을까

타래타래 꽃가지에 걸린 라면줄이 말라오고
마른버짐 핀 얼굴로 꽃가지가 시퍼렇게 울고 있을 때

어디선가 개 한 마리 나타나
망초꽃에 묻힌 세상을
헐떡이며 핥고 있었다

-「달빛에 묻은 청춘」 전문

사물과 사람을 바라보는 애정 어린 시인의 시각은 오바이트 한 자국이나 떠돌이 개 한 마리에게도 변함없다. 모퉁이에 있는 전신주 아래 망초꽃이 한 포기 피어 있는데, 달빛 어린 그 꽃가지에는 슬픈 청춘의 오바이트 자국이 남아 있다. 높은 현실의 장벽에 막혀 꿈을 이루지 못한(장대를 잃고 달을 따지 못한) 아픔 때문인지, 바람난 애인을 낚아채 간 어떤 바람둥이 때문인지는 알 수 없으나 꽃가지에 걸린 라면줄을 바라보며 시인은 더럽다고 외면하는 것이 아니라, 어느 청춘의 시퍼렇게 울음 우는 울음소리를 듣고 있다. 그리고 이 순간에 어디선가 나타난 개 한 마리는 망초꽃에 한 청춘이 토해낸 세상을 헐떡이며 핥아먹고 있다. 누군가에게는 아픔과 슬픔의 결과였을 오바이트가 다른 누군가에게는 일용할 소중한 양식이 되는 새로운 세상으로의 전환이다. 오바이트를 매개로 두 생명체가 연결되며 새로운 세상으로 전환되는 찰나의 풍경을 그린 「달빛에 묻은 청춘」은 이동녘 시인의 또다른 절창 중 하나다.

6.

우리 주변의 사물이나 풍경을 바라보며 그 속에 숨겨진 새로운 이면의 이야기를 이끌어내는 시들과 달리, 이동녘 시의 또 다른 특징 중 하나는 사물이나 풍경을 관조하는 것을 넘어서 몰입 또는 개입함으로써 너와 나 사이의 거리를 좁히거나, 나와 사물 사이의 거리를 아예 없애버리는 시들이다. 사람과의 관계에서 너와 나의 거리가 사라지고 '우리'가 되었다면, 이 시들의 특징은 나와 사물 사이의 거리가 없어지면서 내가 그 사물과 '하나'가 되어버린다는 데 있다.

아무도 눈길 주지 않는
작고 연약한 것에도
심장은 뛴다

하찮아 보이는 풀잎 끝
그 위의 이슬방울에도
우주의 맥박은 스며 있다

큰 것만이 세상을 지탱하지 않는다
가장 미세한 존재의 떨림이
거대한 균형을 이룬다

님아
스스로 작다 여기지 말라
그대 안에도,
우주와 같은 생명이 흐른다

-「모기 뒷다리에도 생명은 흐른다」 전문

시인은 아무도 눈길 주지 않는 작고 연약한 모기에 시선을 둔다. 그리고 그 하찮고 귀찮은 모기 뒷다리에도 심장은 뛴다는 것을 발견하면서 생명의 위대함을 노래한다. 하찮아 보이는 풀잎 끝 그 위에 맺힌 이슬방울에서 시인은 우주의 맥박을 느낀다. 그러면서 큰 것만이 세상을 지탱하지 않으며, 오히려 가장 미세한 존재들의 떨림(심장, 맥박)이 우리가 살아가는 거대한 우주의 균형을 이룬다고 노래한다. 그러면서 모기 뒷다리나 풀잎에 맺힌 이슬방울에서 시선을 우리 자신에게로 돌려 우리 자신에게도 우주와 같은 생명이 흐른다고 이야기한다.

이 시 마지막 연에서 '님아' 또는 '그대'라고 부르는 것은 내가 아닌 남을 가르치려는 태도가 아니라, 자신에 대한 타자화이다. 거대한 우주의 생명을 느낀 시인의 자아가 자기 자신을 객관화하면서 스스로를 '님' '그대'라고 부르는 것이다. 모기 뒷다리와 이슬방울에서 발견한 거대한 우주 앞에서 너와 나의 경계는 허물어지고 스스로를 타자화하여 들여다볼 수 있을 만큼의 거대한 우주의 맥박을 느낀 것이다.

관계는 다리이리
너와 나를 잇되
강물 위 허공을 지나 세워지리

너의 상처가 기초석이 되리
나의 눈물이 기둥이 되리
서로의 고백은 철근처럼 얽혀
흔들림을 버티리

때로는 벽이 되리
서로를 막아 세우되
그 벽 위로 창 하나 뚫어
빛을 나누리

관계는 무너지기도 하리
허물 속에 길이 열리고
끊어진 자리에서 다시
새로운 선이 이어지리

그러하야 사람은 혼자가 아니리
함께 지어 올리는 집,
함께 걸어가는 다리,
이 함께함이 곧 관계의 건축이리

-「관계의 건축」 전문

모기와 이슬 같은 작고 사소한 것에서 발견한 거대한 우주의 맥박은 너와 나의 경계를 허물고 나 자신을 타자화할 수 있고, 나와 사물을 동일화할 수 있는 통찰력을 제공한다. 시인의 이러한 경험과. 관계에 대한 태도를 가장 잘 드러내

보여주는 시가 「관계의 건축」이다.

시인에 따르면, '관계'는 '다리'다. 다리는 곧 이어짐이다. 너와 나를 이으며 강물 위 허공에 다리가 세워진다. 너의 상처가 기초석이 되고 나의 눈물이 기둥이 된다. 서로의 고백은 철근처럼 얽혀 흔들림을 버텨준다. 관계는 무너지고 하지만 허물 속에서도 길은 열리고, 끊어진 자리에서도 다시 새로운 관계는 이어진다. 사람은 혼자가 아니라 함께 지어가는 집이며 함께 걸어가는 다리다. '이 함께함이 곧 관계의 건축'이라고 시인은 정의한다.

그렇다. 우리 모두는 관계 속에서 살아간다. 관계를 맺으며 사회생활을 이어가고, 새로운 관계를 건축해가며 함께 이 세상을 만들어간다. 나와 너와의 관계, 나와 사물의 관계, 우리와 우주의 관계… 이 모든 것이 지금 여기의 우리를 만들어간다.

그러므로 우리가 어떠한 세상을 살아갈 것인가는 모두 '관계의 건축'에 달려 있다. 나와 너를 구분함으로써 관계는 단절되거나 분쟁이 일어나기도 하고, 나와 너를 벗어나 '우리'라는 관계 안에 들어옴으로서 서로를 지켜주는 든든한 울타리가 되기도 한다. 니와 사물의 관계, 즉 거리를 없앰으로써 누구나 시인이 될 수도 있고, 나와 우주와 하나가 됨으로써 누구나 철학자가 되거나 신적인 존재가 될 수도 있다. 나를 규정하고 너를 규정하고 우리를 규정하는 것은 모두 '관계'에 있기 때문이다.

7.

나와 사물이 하나가 되는 동일화를 통해 사물들의 이면을
들여다보는 시인이 되었다고 해서, 우주와 나와의 관계를
통해 나 자신을 타자화하는 신적인 시각을 슬쩍 맛보았다
고 해서 시인은 교만해지지 않는다. 오히려 시인은 시선을
자기 자신에게로 돌려 자신의 생을 반추하는 계기로 삼는
다.

마루 끝에 앉아
작은 손으로 연을 날리던
그 아이를 기억한다

바람이 불면
하늘은 한없이 멀었고
구름은 고래처럼 유영했다

그 아이는
누구도 기다리지 않았고
아무도 미워하지 않았다

시간은 흐르고
그 골목은 사라졌으며
연줄은 언젠가 끊어졌다

지금 나는

창가에 앉아 그늘을 본다
의자 옆엔 마르지 않는 그림자 하나

가끔 거울 속 눈동자에
익숙한 반짝임이 스친다
아, 저기 있구나

70년 전
한 번도 나를 떠난 적 없는
그 소년이

-「70년 전 소년」 전문

시인이 가장 먼저 바라보고자 하는 것은 70년 전의 소년, 그 자신이다. 누구도 기다리지 않았고 아무도 미워하지 않았던 소년, 지난 70년 동안 한 번도 나를 떠난 적이 없던 그 소년, 바로 나 자신을 만난다. 자기 객관화와 반성의 시작이다.

한때,
나는 불이었다.
세상을 태우고,
신을 시험하고,
사랑조차 내 손안에 둘 수 있을 줄 알았다.

그때의 나는,

시간 위를 달리는 번개였다.
멈출 줄 몰랐고
멈춘다는 말조차 모른 채
끝없는 하늘로, 끝없는 욕망으로
달려갔다.

그러나 —
불은 자신을 태워야만
빛난다는 걸
그때는 몰랐다.

-「청춘고백」일부

시인이 돌아보는 시인의 청춘은 '불'이었다. 세상을 태우고 신을 시험하고 사랑조차 내 손안에 둘 수 있을 줄 알았던 불타는 청춘이었다. 그때의 나는 시간 위를 달리는 번개였다. 멈출 줄을 몰라서 끝없는 하늘로, 끝없는 욕망으로 달려갔다. 그러나 불은 자신을 태워야만(희생해야만) 빛날 수 있다는 것을(지금은 뒤늦게 알게 된 그것을) 그때는 몰랐다고 고백한다.

어쩌면 이 청춘고백이야말로, 나이 들어 인생의 뒤안길에서 청춘을 돌아보는 모든 인생들의 가장 솔직한 고백이 아닐까.

나는 오래전부터 나무 뒤에 숨어 있었다.
빛이 두려웠고,

드러남이 고통이었다.

세상은 내게 말했다 —
이름을 가져라,
직함을 달아라,
가면을 써라,
그것이 너를 지켜줄 것이다.

그래서 나는 얼굴 위에 얼굴을 덧씌웠다.
명함은 방패가 되었고,
웃음은 갑옷이 되었다.
그때부터 나는
진짜 목소리를 잃었다.
　　　　　-「빛, 길, 생명 -가면무도회의 고백」 일부

청춘의 시절이 지나자 나에게는 두려움이 생긴다. 빛이 두려워 나무 뒤에 숨는다. 마치 선악과를 먹은 후 하나님의 두려워 숨었던 아담처럼. 청춘시절에는 미처 몰랐던 나의 불완전함, 또는 나의 욕망으로 인한 결과들이 이제는 나에게 두려움을 가져다준다. 그래서 이름을 가지고, 명함을 찍고, 직함을 달고, 가면을 쓰면서 그것들이 나를 지켜줄 것으로 믿고 가면 뒤에 숨고 만다. 그러나 가면과 명함과 거짓 웃음이 방패가 되고 갑옷이 되어주었을지 몰라도 그때부터 나는 진짜 목소리를 잃고 만다. 거짓 관계 속에서 내 얼굴을 잃고 진짜 내가 원하는 것, 진짜 내 내면의 소리를 잃어버린다.

그리하여 오랜 시간이 지난 후, 이제는 돌이킬 수 없는, 돌아올 수 없는 시간을 원망한다.

시간이여,
그대는 왜 이토록 잔인한가!

내 두 손에 쥐었던 불꽃을
어디에 숨겨버렸는가.
내 가슴에 출렁이던 바다를
어디에 쏟아버렸는가.

-「청춘을 돌려다오」일부

명함, 직함, 가면 뒤에 숨어서 내 얼굴을 잃고 내 목소리를 잃고 가면무도회처럼 살아오던 시간이 지난 후, 시인은(우리 모두는) 비로소 돌이킬 수 없는 시간의 머나먼 간극을 느끼며 후회하고 반성하고 절망한다. 청춘 시절에 꿈꾸던 나의 모습은 어디로 갔는지 되돌아본다. 사회적으로는 성공했을지 몰라도 내 두 손에 쥐었던 불꽃을 어디에 숨겨버렸는가. 내 가슴에 출렁이던 바다를 어디에 쏟아버렸는가, 뒤늦은 후회를 한다.

그 참, 도도하네.
아니, 거만하네.

시집도 출판사 적자 안 날 만큼
예측하고 한정으로 찍는 시인.
시대 감각을 눈치채니
딴따라가 더 어울릴 법한 시인.

언론에 홍보 요청 한 번 안 하면서
記者를 오라 가라 손짓하는 시인.
출판기념회로 책 팔지 않고
60여 권 받은 시집,
단 세 군데만 보내는 짠돌이 시인.

운전 중 전화 받았단 핑계로
추천평 써 준 김주대님께조차
시집 한 권 못 보낸 시인.

찾아온 손님이 감탄하며 책을 집어 들면
"어, 그거 내 피값인데요" 하며
구천 원 책정가를 만 원에 받는 시인.

페북 친구 아니,
오래 묵은 벗 이윤학, 공광규,
임보, 김명인, 이재무,
성악가 최들풀, 평론가 김수이 님께도
시집 한 권 안 보낸 시인.

-「도도한 신(詩人)」 일부

그럼에도 불구하고 시인에게 시는 마지막까지 포기할 수 없는 자존심이다. 그래서 시인은 언론에 시집 홍보 요청도 한 번 안하고, 출판기념회도 안 하고, 심지어 추천사를 써준 시인들이나 다른 시인, 평론가, 성악가에게도 시집 한 권 보내지 않는다. 찾아온 손님이 시집 한 권 사려고 하면 "그 시는 내 피값"이라며 정가인 구천 원보다 더 비싼 만원에 파는, 자칭 도도하고 거만한 시인이다. 그래서 스스로를 '와, 참말로 도도하고 거만한 이 쉰, 시인. 압축해 '신'이라 부를까'(「도도한 신(詩人)」 일부 인용)라고 자조한다.

시인이 이렇게 하는 이유는 분명하다. 그에게 시는 존재의 이유이며, 자신의 목숨값이기 때문이다. 그래서 시인의 자존심은 시집을 공짜로 주는 것을 절대 허락하지 않는 것이다. 제 값을 주고 사는 것이야말로 제 가치를 발휘한다고 믿는 것이다. 모든 인생에는 저마다의 가치가 있듯이, 모든 시집에는 저마다의 존재의 값을 치러야 하는 법이다.

> 나는 요란한 북소리보다
> 작은 피리 소리에 더 가까운 몸,
> 막걸리 잔 하나에 세상을 비추듯
> 고요 속에서 깊어가는 숨결이여라
>
> (중략)
>
> 언젠가,

내 눈빛 하나, 내 시 한 줄이
사람들 마음에 불씨처럼 남아
허무를 태우고 희망을 지핀다면
그것이 내 존재의 값이리라

-「존재의 값」 일부

시인의 나이 70. 어쩌면 제2의 인생을 계획해야 할 나이일 수도 있고, 어쩌면 남은 생에 대한 정리를 해야 할 고요의 시간일 수도 있다. 시인은 자신의 지나온 시간에 대한 반성을 한다. '나는 요란한 북소리보다 작은 피리 소리에 더 가까운 몸'이며 '고요 속에 깊어가는 숨결'이라고 시인은 스스로에 대해 정의한다. 시인의 인생은 요란한 북소리보다는 작은 피리소리에 더 가까웠지만, 어쩌면 피리소리조차 되지 못하고 고요함 속에서만 겨우 들릴 수 있는 한 사람의 숨소리에 가까웠지만 그래도 시인은 희망을 놓지 않는다. 그것은 '언젠가, 내 눈빛 하나, 내 시 한 줄이 사람들 마음에 불씨처럼 남아 허무를 태우고 희망을 지핀다면 그것이 내 존재의 값'이 되리라는 작은 희망이다.

이 희망이 70살 인생에 마지막 시집을 엮으며 시인이 꿈꾸는 존재의 이유이고, 인생의 의미가 아닐까 싶다.

8.

70 인생을 돌아보며 마침내 시인이 찾는 것은 절대자, 신이다. 광대한 우주에 비해 모래알 하나보다 더 작은 자신의 존재를 발견한 순간, 인간은 겸손해지고 이 광대한 우주를

창조한 창조자를 찾게 되는 것은 자연스러운 일일 것이다. 어떤이는 천막교회 전도사, 구세군 사관, 평상복을 입은 목회자인 그가 신을 찾는 것은 당연한 것 아니냐, 라고 할 수 있을 것이다. 그러나 시인이 이야기하는 신은 종교인들이 이야기하는 그런 신이 아니다. 오히려 시인은 종교인들이 말하는 신의 모습에는 조롱과 환멸의 모습을 보여주기도 한다.

안수 받던 스님의 눈에서
불꽃이 치솟더니
"아이고……"
그 한마디가
명동의 하늘을 찢었다.

아수라장의 전도 현장 위,
염불 소리는
멱살 잡힌 손끝에서
단추처럼 뚝, 떨어졌다.

아,
낙타가 단추구멍을 통과하지 못하듯,
오늘 하루 —
구원은 문 앞에서

끝내 길을 잃었다.

-「명동 출입구」 일부

강단은 서커스 무대,
목사는 마술사 모자 쓰고
"하나님도 까불면 죽어!" 외치면
신도들은 짐승처럼 훈련받아
"아멘!" 하고 동시에 재주를 넘는다

-「서커스 교회」 일부

시인이 그려내신 우리 시대 종교인의 모습은 명동 한복판 전철 출입구에서 목탁을 두드리던 스님에게 전도하겠답시고 스님 머리에 손 얹고 안수하다가 멱살잡고 싸우는 풍경이고, 자칭 목사라는 작자가 "하나님도 까불면 내 손에 죽어"라고 외치는데 파블로프의 개처럼 "아멘!"하고 외치는 신도들의 모습이다. 낙타가 바늘구멍을 통과하지 못하듯 구원이 문 앞에서 길을 잃고 있는 모습이 시인의 눈에 비친 이 시대의 종교다.

그러면 시인이 찾은 우리 시대 신의 모습은, 참된 종교인의 모습은 어떤 모습일까?

고분을 발견한 학자가
붓으로 조심스레 흙을 털 듯
그는 사람의 마음을 그렇게 만진다

세상의 소음에 덮인 마음 위에

따뜻한 손길을 얹고
숨겨진 고통을 찾아
진심으로 들여다본다

깊은 상처도, 닫힌 마음도
억지로 열지 않고
기도라는 붓으로 먼지를 털고
위로라는 빛으로 진실을 비춘다

(중략)

그는 사람을 연구하는 학자이자
영혼을 쓰다듬는 장인,
삶의 마음을 조심스레 전하는
참된 사람이다

-「붓」 일부

시인이 이야기하는 참된 종교인의 모습은 '고분을 발견한
학자가 붓으로 조심스레 흙을 털 듯 사람의 마음을 그렇게
만'지는 사람이다. '세상의 소음에 덮인 마음 위에 따뜻한
손길을 얹고 숨겨진 고통을 찾아 진심으로 들여다' 보는 사
람이다. '사람을 연구하는 학자이자 영혼을 쓰다듬는 장인,
삶의 마음을 조심스레 전하는 참된 사람'이다.
시인은 종교인의 말에서 신을 찾지 않는다. 시인은 사람의
영혼을 쓰다듬는 마음, 따뜻한 손길로 사람들의 숨겨진 고

통을 진심으로 들여야 보는 사람들을 통해 신의 자취를 느
낀다.

어떤 이는
따뜻한 말 한마디에
천국의 문을 열고,
또 어떤 이는
식은 시선 하나에
지옥의 문턱을 밟는다.

천국은
구름 위에 있지 않았다.
이름을 잊지 않고 불러주는 목소리,
비울 줄 아는 귀,
무거운 마음을
조용히 잡아주는 손끝.

(중략)

나는 오늘,
누구의 천국이었을까.
혹은 지옥이었을까.
문득, 내 안의
온도가 궁금해진다.

-「관계의 온도」 일부

'어떤 이는 따뜻한 말 한마디에 천국의 문을 열고, 또 어떤 이는 식은 시선 하나에 지옥의 문턱을 밟는다.' 이것은 진리다. '천국은 구름 위에 있지 않았다.'고 시인은 이야기한다. '이름을 잊지 않고 불러주는 목소리, 비울 줄 아는 귀, 무거운 마음을 조용히 잡아주는 손끝.' 여기에 천국이 있다고 이야기한다, 천국은 구름 위에 있지 않고, 죽어서 가는 저 세상 어딘가에 있는 것도 아니며, 우리의 목소리와 귀, 그리고 손끝에 있다.

시인이 말하는 천국은 우리 곁에 가까이 있는 천국이다. 우리 귀로 들을 수 있고, 우리 손끝으로 만질 수 있는 곳에 있다. 너와 나 사이에, 우리의 관계 속에, 우리들 가운데 천국이 있다고 시인은 말한다, 신은 우리가 만들어가는 우리들 사이의 관계 속에 있다. 신은 관계의 건축을 통해 드러난다.

사실 이것은 성경에서 말하는 바와도 일치한다. 예수 그리스도도 "천국은 너희들 가운데 있다"고 하지 않았던가.

그분은 더 이상
먼 갈릴리 호숫가에 계시지 않는다.

그분은
야간 버스 손잡이를 붙든 사람의
떨리는 손목에 계시고,
지하철 창밖을 멍하니 보는

내 눈동자 깊은 곳에 계신다.

누구도
그분을 알아보지 못한다.
그분은 배낭을 멘 노숙자의 뒷모습이고,
욕설에 지친 엄마의 마른 어깨며,
어디에도 소속되지 못한 청년의
다 타들어간 담배끝이다.

-「현재적 예수」일부

그래서 시인이 노래하는 현재적 예수, 즉 예수 그리스도가
현재에 있다면 "그분은 더 이상 먼 갈릴리 호숫가에 계시
지 않는다. 그분은 야간 버스 손잡이를 붙든 사람의 떨리는
손목에 계시고, 지하철 창밖을 멍하니 보는 내 눈동자 깊은
곳에 계신다."고 한다. "그분은 배낭을 멘 노숙자의 뒷모습
이고, 욕설에 지친 엄마의 마른 어깨며, 어디에도 소속되지
못한 청년의 다 타들어간 담배끝"에 있다고 한다. 이 얼마
나 현실적이며 현존적인 예수의 모습인가.
이동녘 시인이 노래하는 신의 모습은 또한 시인의 모습을
한 시인 예수이다.

그의 시는
종이 위가 아니라
인간의 심연에 적혔다.
한 마디 사랑이

한 시대를 넘어
존재의 법칙이 되었다.

그는 고통을 피하지 않고
그것을 문장으로 삼았으며,
죽음을 거부하지 않고
그것을 마침표로 삼았다.

그 마침표는
끝이 아니라 시작이었고,
무덤의 어둠은
새로운 빛의 첫 행이었다.

그는 고통 속에서 시를 노래했고,
죽음 속에서 시를 마무리했다.
그 시는 무덤을 뚫고
새벽의 돌문을 열었고,
어둠을 가르는 불빛처럼
세기를 넘어 지금도 살아 있다.

-「시인 예수」일부

신이 아닌 인간이었던, 시인이었던 예수의 '시는 종이 위가 아니라 인간의 심연에 적혔다.' 그리고 '그는 고통 속에서 시를 노래했고, 죽음 속에서 시를 마무리했다. 그 시는 무덤을 뚫고 새벽의 돌문을 열었고, 어둠을 가르는 불빛처럼

세기를 넘어 지금도 살아 있다.'

「시인 예수」에 나타난 시는 시의 본질, 나아가 종교의 본질을 이야기한다. 시는 종이 위에 쓰는 말재주, 글재주가 아니라 인간의 심연에 적히는 영혼의 언어다. 사람의 영혼을 울리고 영혼을 맑게 하는 언어다. 어둠을 가르는 불빛처럼 세기를 넘어 살아 있는 언어, 그것이 바로 시라 것이다.
이동녘의 시집 『사랑하는 이여 바람 부는 밤에 나는 더 사랑한다』에 수록된 「시인 예수」에서는 가난한 노동자의 모습을 한 예수를 이야기했다면 이번 시집에 수록된 「시인 예수」는 더 근원적이고 본질적인 언어로 정의되는 시인 예수이다. 시인 예수의 이러한 변화는 내 삶의 이웃자리에 있는 현실적인 노동자의 모습에서 좀더 근원적이고 본질적인 신적 존재로 옮겨진 모습을 보여주고 있다. 이것은 20여 년의 시간이 가져다준 변화로 보인다. 그 시간 동안 시인의 시각이 현재적이고 외적인 형상에서, 보다 깊은 내적인 본질을 들여다보기 시작한 까닭이리라.

9.

필자는 이번 시집을 통해 이동녘 시인의 70년 인생은 사랑의 본질을 찾아 떠나는 여정이며, 동시에 너와 나를 넘어서 우리를 찾아가는 여정이라고 읽었다. 이 과정에서 시인은 시간과 공간을 넘나들며 우리들의 삶을 속속들이 들여다보려는 노력을 보여주기도 했고, 사람과 사람 사이의 관계를 넘어 우리 주변에 우리와 함께 하는 사물들과 풍경들에도 애정어린 시선들을 보여주기도 했다, 그러면서 시인은 사물과 사람이 하나로 동일화되는 모습을 노래했다. 이 여정들을 통해 시인은 우리가 살아가는 세상은 우리가 맺어가는 관계의 건축을 통해 만들어져 간다는 것을 보여주었다. 이러한 관계성의 발견, 관계의 건축을 통해 시인은 겸손하게 자신의 70년 인생을 뒤돌아 보기도 한다.

70년의 오랜 여정을 통해 시인이 마침내 다다른 곳은 신의 품이다. 우리들의 삶, 창조주가 창조한 세상의 모습들을 시인의 섬세한 감성과 독특한 직관으로 지켜보면서 시인은 얼핏 스치듯 신의 마음 한 자락을 느껴보았기 때문이다. 시인이 발견한 신의 모습은 우리들 가운데 인간의 모습으로, 지극히 현실적으로 지금 우리와 관계를 맺고 있는 모습이다. 그는 시인의 얼굴을 한 시인 예수, 현재적 예수의 모습에서 우리 가운데 함께 있는 신의 모습을 보았다. 타자와의 관계 속에서 나를 찾고, 우리들이 살아가는 모습 속에서 관계의 법칙을 찾고자 한 시인의 오랜 노력이 결국은 모든 삶의 근원이자 본질인 창조주 신에게로 향하는 것은 어쩌면 당연한 일일 것이다.

우리들 가운데 신을 직접 본 사람은 아무도 없다. 그러나 우리는 사람을 통하여, 누군가의 삶을 통하여 신의 모습을 본다. 한 사람의 말과 행동과 인격을 통해 우리는 신을 간접 경험한다. 이동녘 시인이 사람을, 삶을 주목하는 이유다. 이동녘 시인은 꽃 한 송이, 풀 한 포기, 풍경 하나에서도 신의 흔적을 발견하곤 한다. 시인이 바라본 세상은 사랑으로 가득 차 있다. 모두가 사랑받을 만한 존재고 모두가 사랑해야 할 존재이기 때문이다.

시인이 노래하는 세상은 내가 곧 너이고 네가 곧 나인 세상이다. 그것은 '우리'의 세상이고 '모두'의 세상이다. 우리는 모두 신이 창조한 세상의 일부를 구성하는 구성원이다. 풀한 포기, 꽃 한 송이, 나무 한 그루, 바위 하나, 이쁜 너, 못난 너, 미운 너, 도저히 이해할 수 없는 그, 존경스럽기 짝이 없는 그…. 이 모두가 신이 창조한 세계를 건축하는 구성원이다.

이동녘 시인이 모든 사람, 모든 사물에게서 신의 모습을 발견할 수 있었던 것은, 예전보다 더욱 겸손해지는 자신의 모습으로 돌아갈 수 있었던 것은 '관계의 건축'이라는 세상의 법칙을, 존재의 이유를 발견했기 때문일 것이다.

이 시집은 그 여정의 기록이며, 동시에 이동녘 시인의 70년 삶의 기록이기도 하다.